Christie • Hercule Poirots größte Trümpfe

Inhalt

Stille vor dem Sturm

„Im Grunde gibt es nichts Schöneres als das Landleben, nicht wahr?“, sagte Inspektor Japp und atmete voll Andacht tief durch die Nase ein und den Mund wieder aus.

Poirot und ich stimmten von Herzen zu. Der Inspektor von Scotland Yard hatte den Einfall gehabt, gemeinsam ein Wochenende in dem freundlichen Landstädtchen Market Basing zu verbringen. Außer Dienst war Japp ein eifriger Botaniker und konnte noch die kleinsten Pflanzen bestimmen, die alle unglaublich lange lateinische Namen hatten (allerdings sprach er sie etwas seltsam aus). Er tat dies mit einer Begeisterung, die noch größer war als die für seinen Beruf.

„Niemand kennt uns dort, und wir kennen niemanden“, erklärte er uns. „Das ist die Idee dabei.“

Dies sollte sich jedoch als Irrtum herausstellen, denn der Ortspolizist war zufällig aus einem Dorf fünfzehn Meilen entfernt hierher versetzt worden, wo ihn ein Fall von Arsenvergiftung mit dem Scotland-Yard-Mann in Berührung gebracht hatte. Jedenfalls trug sein erfreutes Erkennen des großen Mannes nur noch mehr zu Japps Wohlbefinden bei, und als wir uns am sonnigen Sonntagmorgen im Dorfgasthof zum Frühstück hinsetzten, während die

Geißblattblüten zum Fenster hereinsahen, waren wir bester Laune. Eier und Speck waren ausgezeichnet, der Kaffee weniger gut, aber passabel und kochend heiß.

„Ein schönes Leben“, sagte Japp. „Wenn ich pensioniert bin, werde ich mich aufs Land zurückziehen. Weit weg von Verbrechen, wie hier!“

„*Le crime, il est partout*“, bemerkte Poirot, bediente sich mit einer schönen Scheibe Brot und sah stirnrunzelnd auf einen Spatzen, der sich frech auf dem Fenstersims niedergelassen hatte.

„‚Der Hase hat ein harmloses Gesicht‘“, zitierte ich, „‚doch heimlich tut er schlimme Dinge. Aber nein, ich verrat euch nicht, was das sind für schlimme Dinge.‘“

„Mein Gott“, sagte Japp und lehnte sich zurück. „Ich glaube, ich könnte noch ein Ei und vielleicht ein oder zwei Scheiben Speck vertragen. Was meinen Sie, Captain Hastings?“

„Ich mache mit“, erwiderte ich eifrig. „Und Sie, Poirot?“

Poirot schüttelte den Kopf.

„Man soll den Magen nicht so füllen, dass der Kopf nicht mehr arbeitet.“

„Ich riskiere es, den Magen noch mehr zu füllen.“ Japp lachte. „Ich habe einen Riesenmagen, und übrigens setzen Sie auch Fett an, Monsieur Poirot. Bitte, Miss, noch zweimal Eier und Speck.“

In diesem Augenblick erschien eine große Gestalt an der Tür. Es war Pollard, der Polizist.

„Hoffentlich verzeihen Sie, dass ich den Inspektor störe, Gentlemen. Aber ich brauche seinen Rat.“

„Ich bin im Urlaub", erklärte Japp hastig. „Ich arbeite nicht. Um was geht es?"

„Ein Gentleman im ‚Leigh House' oben brachte sich durch Kopfschuss um."

„Nun, das wird sich aufklären", meinte Japp gleichgültig. „Vermutlich Schulden oder eine Frau. Tut mir Leid, dass ich Ihnen nicht helfen kann, Pollard."

„Die Sache ist nur, dass er sich nicht selbst erschossen haben kann. Jedenfalls behauptet das Dr. Giles."

Japp stellte seine Tasse hin. „Er *kann* sich nicht erschossen haben? Was soll das heißen?"

„Das behauptet Dr. Giles", wiederholte Pollard. „Er sagt, es sei einfach unmöglich. Er wundert sich zwar, dass die Tür von innen verriegelt und das Fenster zu war, aber er bleibt dabei, dass der Mann nicht Selbstmord begangen haben kann."

Das war entscheidend. Die zweite Ladung Speck und Eier wurde zur Seite geschoben, und ein paar Minuten später marschierten wir, so schnell wir konnten, in Richtung ‚Leigh House', und Japp fragte den Polizisten eifrig aus. Der Name des Verblichenen war Walter Protheroe, ein Mann in mittleren Jahren, eine Art Einsiedler. Vor acht Jahren war er nach Market Basing gekommen und hatte ‚Leigh House' gemietet, ein weitläufiges, vernachlässigtes Besitztum, das fast in sich zusammenfiel. Er bewohnte nur einen Teil, und eine Haushälterin, die er mitgebracht hatte, kümmerte sich um ihn. Sie hieß Miss Clegg, war eine würdige Erscheinung und hoch geschätzt im Dorf. Seit kurzem hatte Protheroe Besuch gehabt, der bei ihm wohnte – Mr und Mrs Parker aus London. Heute Morgen, als sich auf ihr Klopfen nichts rührte und die Tür verschlossen blieb, hatte Miss Clegg besorgt einen Arzt und die Polizei gerufen. Pollard und Dr. Giles waren im selben Augenblick eingetroffen. Mit vereinten Kräften war es ihnen gelungen, die Eichentür zum Schlafzimmer aufzubrechen.

Protheroe lag auf dem Boden, durch den Kopf geschossen. Die Pistole ruhte in seiner rechten Hand. Es sah wie ein klarer Fall von Selbstmord aus.

Nach der Untersuchung der Leiche war Dr. Giles jedoch deutlich verwirrt und zog schließlich den Polizisten zur Seite, um ihm sein Erstaunen mitzuteilen, worauf Pollard sofort an Japp dachte. Er ließ den Arzt im Haus zurück und eilte zum Gasthof.

Bis Pollard seine Geschichte zu Ende erzählt hatte, waren wir im ‚Leigh House' angekommen, einem großen, düsteren Haus in einem ungepflegten, unkrautüberwucherten Garten. Die Eingangstür stand offen, und wir gingen durch die Halle in ein kleines Frühstückszimmer, aus dem Stimmen drangen. Vier Leute waren im Raum: ein hastig angekleideter Mann mit schlauem, unangenehmem Gesicht, den ich auf Anhieb nicht mochte, eine Frau von ähnlichem Typ, obwohl irgendwie stattlich, eine weitere Frau in Schwarz, die abseits stand und die ich für die Haushälterin hielt, und ein großer Mann in sportlichem Tweed mit energischem, klugem Gesicht. Offenbar war er Herr der Lage.

„Dr. Giles", sagte Pollard, „das sind Kriminalinspektor Japp von Scotland Yard und seine beiden Freunde."

Der Arzt begrüßte uns und machte uns mit Mr und Mrs Parker bekannt. Dann wurden wir hinaufbegleitet. Auf ein Zeichen von Japp blieb Pollard unten, um das Haus zu überwachen. Der Arzt führte uns oben durch einen Korridor. Am Ende gähnte ein leerer Türrahmen, Splitter hingen noch in den Angeln. Die Tür selbst war herausgebrochen und ins Zimmer gekracht.

Wir traten ein. Die Leiche lag noch auf dem Boden. Protheroe trug einen Bart und hatte graue Schläfen. Japp kniete sich neben dem Toten nieder.

„Warum konnten Sie ihn nicht so lassen, wie Sie ihn fanden?“, brummte er.

Der Arzt zuckte die Schultern. „Wir hielten es für einen klaren Fall von Selbstmord.“

„Hm! Die Kugel trat hinter dem linken Ohr ein.“

„Genau“, bestätigte der Arzt. „Es ist ganz unmöglich, dass er sich selbst erschossen hat. Er hätte mit der Hand um den Kopf langen müssen – also ganz unmöglich.“

„Und doch hielt er die Pistole in seiner Hand? Wo ist sie übrigens?“

Der Arzt wies mit dem Kopf zum Tisch.

„Aber sie wurde nicht mit den Fingern festgehalten, sondern lag nur in seiner Hand, die Finger darum geschlossen.“

„Nachträglich hineingelegt“, sagte Japp. „Das ist sehr deutlich.“ Er prüfte die Waffe. „Ein Schuss fehlt. Wir werden sie auf Fingerabdrücke untersuchen, aber ich bezweifle, dass wir welche finden außer Ihren, Dr. Giles. Wie lange ist er schon tot?“

„Seit heute Nacht. Ich kann das nicht bis auf eine

Stunde genau bestimmen wie die großartigen Ärzte in den Kriminalromanen. Grob gesagt, ungefähr zwölf Stunden."

Bis jetzt hatte Poirot sich nicht gerührt. Er stand neben mir, beobachtete Japp bei der Arbeit und lauschte den Fragen und Antworten. Nur ab und zu schnupperte er vorsichtig in der Luft, als sei er über etwas erstaunt. Ich hatte auch geschnuppert, roch aber nichts Interessantes. Die Luft war frisch und ohne Geruch. Und doch schnupperte Poirot von Zeit zu Zeit wieder verdächtig, als habe seine feine Nase etwas entdeckt, das der meinen nicht aufgefallen war.

Dann, als Japp von dem Toten zurücktrat, kniete Poirot sich neben ihm nieder. Die Verletzung interessierte ihn nicht. Zuerst dachte ich, er untersuche die Finger der Hand, mit der Protheroe die Pistole gehalten hatte, doch dann merkte ich, dass es das Taschentuch im Ärmelaufschlag war. Protheroe trug einen dunkelgrauen Straßenanzug. Schließlich erhob sich Poirot von den Knien, aber seine Augen glitten immer wieder zum Taschentuch zurück, als sei er über etwas erstaunt.

Japp rief Poirot und bat ihn, ihm zu helfen, die Tür aufzurichten. Ich ergriff die Gelegenheit, um mich neben den Toten zu knien. Ich zog das Taschentuch aus dem Ärmel und untersuchte es genau. Es war ein ganz gewöhnliches Taschentuch aus weißem Batist ohne Wäschezeichen oder irgendwelche Flecken. Ich steckte es wieder zurück, schüttelte den Kopf und gab mich geschlagen.

Die andern hatten die Tür aufgerichtet und suchten den Schlüssel. Sie suchten vergeblich.

„Damit ist alles klar“, sagte Japp. „Das Fenster ist geschlossen und verriegelt. Der Mörder verschwand durch die Tür, schloss ab und nahm den Schlüssel mit. Er dachte, das würde genügen und man würde glauben, Protheroe habe sich eingeschlossen und erschossen. Er hoffte, dass das Fehlen des Schlüssels nicht bemerkt würde. Sind Sie einverstanden, Poirot?“

„Ja, schon, aber es wäre einfacher und klüger gewesen, den Schlüssel unter der Tür durchzuschieben. Dann hätte es ausgesehen, als sei er aus dem Schloss gefallen.“

„Ah, gut, doch Sie können nicht erwarten, dass alle so kluge Einfälle haben wie Sie. Sie wären ein richtiger Polizistenschreck geworden, wenn Sie sich für die Verbrecherlaufbahn entschieden hätten. Noch irgendwelche Fragen, Monsieur Poirot?“

Mir schien, Poirot sei irgendwie unsicher. Er sah sich im Zimmer um und bemerkte freundlich und fast entschuldigend: „Er rauchte viel, dieser Monsieur.“

Das stimmte. Der Kaminrost war voller Zigarettenstummel, ebenso ein Aschenbecher auf einem kleinen Tisch neben dem großen Sessel.

„Heute Nacht muss er etwa zwanzig Zigaretten geraucht haben“, bemerkte Japp. Er untersuchte vorsichtig den Kaminrost und wandte seine Aufmerksamkeit dann dem Aschenbecher zu. „Alles dieselbe Marke, vom selben Mann geraucht. Nichts von Bedeutung, Monsieur Poirot.“

„Hatte ich auch nicht angenommen“, murmelte mein Freund.

„Ha!“, rief Japp, „und was ist das?“ Er wies auf etwas Helles, Glitzerndes auf dem Boden in der Nähe des Toten. „Ein kaputter Manschettenknopf. Ich frage mich, wem er gehört. Dr. Giles, ich wäre Ihnen dankbar, wenn Sie hinuntergingen und die Haushälterin heraufschickten.“

„Was ist mit den Parkers? Der Mann möchte unbedingt weg. Er behauptet, dringende Geschäfte in London zu haben.“

„Schon möglich. Die werden ohne ihn stattfinden müssen. Wie die Dinge liegen, sollen sie sich auf Dringenderes gefasst machen. Schicken Sie mir die Haushälterin, und lassen Sie die Parkers auf keinen Fall entwischen. Kam heute Vormittag jemand vom Haus hier herein?“

Der Arzt überlegte.

„Nein, sie standen draußen im Korridor, als Pollard und ich hereinkamen!“

„Ganz bestimmt?“

„Absolut sicher.“

Der Arzt verschwand, um seinen Auftrag auszuführen. „Ein guter Mann, das“, sagte Japp anerkennend. „Manche Landärzte sind erstklassig. Ich frage mich, wer diesen Burschen erschoss. Es sieht aus, als sei es einer von den dreien hier im Haus gewesen. Die Haushälterin verdächtige ich eigentlich nicht. Sie hätte viele Jahre Zeit gehabt, ihn zu erschießen, wenn sie das gewollt hätte. Wer sind wohl diese Parkers? Sie wirken nicht sympathisch.“

In diesem Augenblick erschien Miss Clegg. Sie war eine hagere Frau mit ordentlichem, in der Mitte gescheiteltem grauen Haar, sehr gesetzt und ruhig in den Bewegungen. Trotzdem strahlte sie Tüchtigkeit aus, die Respekt heischte. Auf Japps Fragen erklärte sie, dass sie für den Toten vierzehn Jahre gearbeitet habe. Er war großzügig und rücksichtsvoll gewesen. Mr und Mrs Parker hatte sie vor drei Tagen zum ersten Mal gesehen, als sie unangekündigt erschienen waren und dann blieben. Sie war der Meinung, dass sie sich selbst eingeladen hatten – der Herr war bestimmt nicht erfreut gewesen, sie zu sehen. Der Manschettenknopf, den Japp ihr zeigte, hatte nicht Mr Protheroe gehört – dessen war sie sich sicher. Wegen der Pistole befragt, sagte sie, sie glaube, der Herr habe eine solche Waffe besessen. Er hielt sie unter Verschluss. Sie hatte sie vor Jahren einmal gesehen, konnte aber nicht sagen, ob es dieselbe war. Sie hatte vergangene Nacht keinen Schuss gehört, aber das war nicht erstaunlich, da es ein weitläufiges Haus war und ihre Zimmer und die, die sie für die Parkers hergerichtet hatte, in einem anderen Teil lagen. Sie wusste nicht, um welche Zeit Mr Protheroe zu Bett gegangen war – er war noch auf, als sie sich um halb zehn zurückzog. Es war nicht seine Gewohnheit, sofort zu Bett zu gehen, wenn er auf sein Zimmer ging. Meistens saß er die halbe Nacht da, las und rauchte. Er war ein starker Raucher.

Dann stellte Poirot eine Frage: „Schlief Mr Protheroe in der Regel mit offenem oder geschlossenem Fenster?"

Miss Clegg überlegte. „Für gewöhnlich war es offen, jedenfalls der obere Teil."

„Doch jetzt ist es geschlossen. Können Sie sich das erklären?"

„Nein, außer, dass ihm kalt wurde und er es schloss."

Japp stellte noch einige Fragen und entließ sie dann. Danach befragte er die Parkers, getrennt. Mrs Parker neigte zu Hysterie und Furcht; Mr Parker wurde laut und schimpfte. Er leugnete, dass der Manschettenknopf ihm gehörte, aber da seine Frau ihn vorher erkannt hatte, verbesserte dies seine Lage nicht, und da er auch leugnete, jemals in Protheroes Zimmer gewesen zu sein, fand Inspektor Japp, er habe jetzt genügend Beweise für einen Haftbefehl.

Japp übertrug Pollard die Verantwortung, stürmte zurück in den Ort und rief im Präsidium an. Poirot und ich spazierten zum Gasthof zurück.

„Sie sind ungewöhnlich ruhig", bemerkte ich. „Interessiert Sie der Fall nicht?"

„*Au contraire*, er interessiert mich enorm! Aber er verwirrt mich auch."

„Das Motiv ist unklar", sagte ich nachdenklich. „Aber ich bin sicher, dass Parker keine reine Weste hat. Seine Schuld scheint ziemlich eindeutig festzustehen, wenn auch aus unklaren Motiven, doch die können ja noch zum Vorschein kommen."

„Ist Ihnen nichts Besonderes aufgefallen, obwohl Japp es übersehen hat?"

Ich sah ihn neugierig an.

„Welchen Trumpf haben Sie noch im Ärmel, Poirot?"

„Was hatte der Tote in seinem Ärmel?"

„Oh, das Taschentuch! Ein Seemann trägt sein Taschentuch im Ärmel", antwortete ich nachdenklich.

„Sehr gut beobachtet, Hastings, doch das meinte ich nicht."

„Was noch?"

„Immer und immer wieder muss ich an den Zigarettengeruch denken."

„Mir ist keiner aufgefallen!", rief ich erstaunt.

„Mir auch nicht, *cher ami*."

Ich sah ihn misstrauisch an. Es ist schwierig zu erkennen, wann Poirot einem ein Bein stellt, aber er schien es völlig ernst zu meinen und sich selbst zu wundern.

Die gerichtliche Voruntersuchung fand zwei Tage später statt. In der Zwischenzeit war ein anderer Beweis zum Vorschein gekommen. Ein Landstreicher hatte gestanden, über die Mauer in den Garten von ‚Leigh House' geklettert zu sein, wo er oft in einem Schuppen Unterschlupf suchte, der nicht verschlossen war. Er sagte aus, dass er um zwölf Uhr gehört habe, wie zwei Männer sich in einem Zimmer im ersten Stock stritten. Der eine verlangte Geld, der andere lehnte wütend ab. Hinter einem Busch versteckt, hatte er die beiden Männer am erleuchteten Fenster hin und her gehen sehen. Den einen kannte er gut – Protheroe, den Besitzer des Hauses. Den anderen identifizierte er eindeutig als Parker.

Nun war klar, dass die Parkers nach ‚Leigh House' gekommen waren, um Protheroe zu erpressen, und als sich später herausstellte, dass der richtige Name des Toten Wendover war und er 1910 als Marineleutnant mit der Sprengung des Kreuzers ‚Merrythought' zu tun gehabt hatte, schien sich der Fall schnell zu klären. Es wurde angenommen, dass Parker als Mitwisser von Wendovers Rolle bei dieser Angelegenheit ihn ausfindig gemacht und erpresst hatte und dass dieser es ablehnte zu zahlen. Im Verlauf des Streits zog Wendover seine Pistole, Parker entriss sie ihm, erschoss ihn und versuchte dann, es wie Selbstmord aussehen zu lassen.

Parker sollte vor Gericht gestellt werden, sein Verteidiger stand noch nicht fest. Wir hatten der Voruntersuchung beigewohnt. Im Hinausgehen nickte Poirot.

„So muss es gewesen sein“, murmelte er. „Ja, so muss es gewesen sein! Ich werde nicht mehr länger warten.“

Er ging ins Postamt und schrieb eine Nachricht, die er per Eilboten aufgab. Ich sah nicht, an wen sie adressiert war. Dann kehrten wir in den Gasthof zurück, wo wir an dem denkwürdigen Wochenende gewohnt hatten. Poirot lief unruhig vor dem Fenster auf und ab. „Ich erwarte Besuch“, erklärte er. „Es ist doch unmöglich – es ist doch unmöglich, dass ich mich täusche! Nein, da ist sie ja.“

Zu meiner großen Überraschung kam Miss Clegg herein. Sie war weniger gelassen als sonst und atmete heftig, als sei sie gerannt. Ich entdeckte Furcht in ihren Augen, als sie Poirot ansah.

„Setzen Sie sich, Mademoiselle“, sagte er freundlich. „Ich habe richtig geraten, nicht wahr?“

Statt einer Antwort brach sie in Tränen aus.

„Warum haben Sie es getan?“, fragte Poirot freundlich.

„Warum?“

„Ich liebte ihn so“, antwortete sie. „Ich war sein Kindermädchen, als er noch ein kleiner Junge war. Oh, haben Sie Mitleid mit mir!“

„Ich werde tun, was ich kann. Aber Sie müssen verstehen – ich kann nicht zulassen, dass ein unschuldiger Mensch gehängt wird –, selbst wenn er ein übler Bursche ist.“

Sie richtete sich auf und sagte leise: „Vielleicht hätte ich schließlich auch so gedacht. Tun Sie, was Sie tun müssen.“

Dann stand sie auf und stürzte hinaus.

„Hat sie ihn erschossen?“, fragte ich äußerst verwirrt.

Poirot lächelte und schüttelte den Kopf.

„Er erschoss sich selbst. Erinnern Sie sich, dass sein Taschentuch im rechten Ärmel steckte? In meinen Augen ein Beweis, dass er Linkshänder ist. Nach seinem heftigen Streit mit Parker fürchtete er die Blamage und erschoss sich. Am Morgen kam Miss Clegg, um ihn wie üblich zu wecken, und fand ihn tot daliegen. Wie sie uns eben erzählte, kennt sie ihn seit seiner Kindheit und war wütend auf die Parkers, die ihn in diesen schändlichen Tod getrieben hatten. Sie betrachtete sie als Mörder und sah dann plötzlich eine Chance, sie für die Tat büßen zu lassen, an der sie schuld waren. Sie allein wusste, dass er Linkshänder war. Sie schob die Pistole in seine rechte Hand, schloss das Fenster, legte den Manschettenknopf hin, den sie in einem der unteren Zimmer gefunden hatte, ging hinaus, schloss die Tür ab und nahm den Schlüssel mit.“

„Poirot“, rief ich in einem Anfall von Begeisterung.

„Sie sind großartig! Und das alles nur wegen eines Taschentuchs!“

„Und wegen des Zigarettenrauchs. Wenn das Fenster geschlossen gewesen wäre, während die vielen Zigaretten geraucht wurden, hätte die Luft voll altem Rauch sein müssen. Sie roch aber frisch, daher folgerte ich, dass das Fenster die ganze Nacht offen gewesen war und erst am Morgen geschlossen wurde, was mich auf eine sehr interessante Spur brachte. Ich konnte mir keinen Grund vorstellen, weshalb der Mörder das Fenster lieber geschlossen haben wollte. Es musste zu seinem Vorteil sein, wenn es offen stand und man glaubte, er sei auf diese Weise geflüchtet, falls die Selbstmordversion nicht überzeugte. Dann hat die Aussage des Landstreichers meinen Verdacht bestätigt. Er hätte das Gespräch niemals mit anhören können, wenn das Fenster geschlossen gewesen wäre.“

„Fabelhaft!“, sagte ich mit Überzeugung. „Wie wäre es jetzt mit einer Tasse Tee?“

„Gesprochen wie ein wahrer Engländer“, antwortete Poirot und seufzte. „Vermutlich besteht keine Aussicht, ein Glas Sirup zu bekommen?“

Der verräterische Garten

Hercule Poirot schichtete die Briefe zu einem ordentlichen Stapel auf. Er ergriff den obersten, betrachtete kurz die Adresse, schlitzte den Umschlag sauber mit einem kleinen Papiermesser auf – das er zu diesem Zweck immer auf dem Frühstückstisch liegen hatte – und nahm den Inhalt heraus. Es war ein zweiter Umschlag, sorgfältig mit rotem Wachs versiegelt und mit den Worten „Persönlich und vertraulich“ beschriftet.

Poirot zog leicht die Brauen hoch. „*Patience!*“, murmelte er. „*Nous allons arriver!*“ Und wieder trat sein kleines Papiermesser in Aktion. Diesmal enthielt der Umschlag ein Blatt Papier, in einer ziemlich zittrigen und spitzen Handschrift beschrieben. Mehrere Wörter waren dick unterstrichen.

Hercule Poirot faltete den Bogen auseinander und las. Der Brief war wieder mit „Persönlich und vertraulich“ überschrieben. In der rechten oberen Ecke stand die Adresse: ‚Rosebank‘, Charman’s Green, Buckinghamshire. Und das Datum: 21. März.

Lieber Monsieur Poirot,
ein alter und sehr lieber Freund, der die Sorge *und die* Verzweiflung *kennt, die mich seit einiger Zeit quälen, hat mir empfohlen, mich an Sie zu wenden.*

Die tatsächlichen Umstände *kennt dieser Freund allerdings nicht – die habe ich* strikt *für mich behalten –, denn es handelt sich um eine rein familiäre Angelegenheit. Mein Freund hat mir versichert, Sie seien die Verschwiegenheit selbst und ich bräuchte nicht zu befürchten, in eine polizeiliche Untersuchung verwickelt zu werden, was mir, sollte mein Verdacht sich bestätigen,* sehr unangenehm *wäre. Aber es ist natürlich durchaus möglich, dass ich mich* irre. *Ich fürchte, mein Kopf ist zur Zeit nicht klar genug – da ich an Schlaflosigkeit und den Folgen einer schweren Krankheit im vergangenen Winter leide –, um den Dingen selbst auf den Grund zu gehen. Ich habe weder die Möglichkeit noch die Fähigkeit dazu. Andererseits muss ich nachdrücklich wiederholen, dass es sich um eine sehr delikate Familienangelegenheit handelt. Vielleicht werde ich aus verschiedenen Gründen den Wunsch haben,* die ganze Sache zu vertuschen. *Wenn die* Tatsachen *feststehen, kann ich mich selbst mit der Angelegenheit befassen und ziehe auch vor, dies zu tun. Ich hoffe, mich in diesem Punkt klar ausgedrückt zu haben. Falls Sie die Untersuchung übernehmen wollen, teilen Sie es mir bitte an obige Adresse mit.*

Ihre sehr ergebene
Amelia Barrowby

Poirot las den Brief zweimal. Wieder zog er leicht die Brauen hoch. Dann legte er ihn zur Seite und wandte sich dem nächsten auf dem Stapel zu.

Punkt zehn Uhr betrat er den Raum, in dem seine Privatsekretärin saß und auf seine Anweisungen für diesen Tag wartete. Miss Lemon war achtundvierzig und eine wenig anziehende Erscheinung. Man hatte bei ihr den Eindruck, eine Menge Knochen seien aufs Geratewohl zusammengesetzt worden. Ihre leidenschaftliche Ordnungsliebe war fast so groß wie die Poirots, und obwohl sie durchaus fähig war, selbstständig zu denken, dachte sie nie, wenn man sie nicht eigens dazu aufforderte.

Poirot reichte ihr die Morgenpost. „Seien Sie so freundlich, Mademoiselle, auf all diese Briefe korrekte Absagen zu erteilen."

Miss Lemon überflog die verschiedenen Schreiben und versah jedes mit einem unleserlichen Gekritzel. Die Notizen waren in einem nur ihr bekannten Code abgefasst: Honig um den Mund schmieren, Ohrfeige, Purr purr, kurz und Ähnliches. Nachdem das erledigt war, nickte sie und wartete, aufblickend, auf weitere Informationen.

Poirot reichte ihr Amelia Barrowbys Brief. Sie zog ihn aus dem doppelten Umschlag, las ihn und sah ihren Chef fragend an.

„Ja, Monsieur Poirot?" Ihr Bleistift schwebte einsatzbereit über dem Stenoblock.

„Was halten Sie von diesem Brief, Miss Lemon?"

Mit leichtem Stirnrunzeln legte sie den Bleistift weg und las den Brief noch einmal.

Der Inhalt eines Briefes hatte für Miss Lemon keinerlei private Bedeutung und interessierte sie nur, weil sie eine entsprechende Antwort schreiben musste. Nur sehr selten beanspruchte ihr Arbeitgeber ihre menschlichen und nicht nur ihre beruflichen Fähigkeiten. Miss Lemon ärgerte sich jedes Mal darüber, denn sie war eine fast perfekte Maschine und interessierte sich überhaupt nicht für die Angelegenheiten ihrer Mitmenschen. Ihre einzige wahre Leidenschaft galt der Vervollkommnung eines Ablagesystems, neben dem alle anderen Ablagesysteme in Vergessenheit geraten würden. Sie träumte sogar nachts von einem solchen System. Dennoch war Miss Lemon fähig, über rein menschliche Angelegenheiten recht intelligente Ansichten zu äußern, wie Poirot sehr gut wusste.

„Nun?", fragte er.

„Alte Dame", sagte Miss Lemon. „Hat ziemliches Fracksausen."

Sie warf noch einen kurzen Blick auf die beiden Umschläge.

„Tut sehr geheimnisvoll", fügte sie hinzu. „Und verrät Ihnen überhaupt nichts."

„Ja", sagte Hercule Poirot, „das ist mir aufgefallen."

Wieder schwebte Miss Lemons Hand hoffnungsvoll über dem Stenoblock. Diesmal reagierte Poirot darauf.

„Schreiben Sie ihr, es werde mir eine Ehre sein, sie aufzusuchen, wann immer sie will, es sei denn, sie ziehe es vor, zu mir zu kommen. Tippen Sie den Brief nicht, schreiben Sie ihn mit der Hand."

„Ja, Monsieur Poirot."

Poirot brachte noch mehr Korrespondenz zum Vorschein. „Das sind Rechnungen."

Miss Lemons tüchtige Hände sortierten sie rasch. „Ich bezahle alle, außer diesen beiden."

„Warum nicht diese beiden? Sie sind in Ordnung."

„Das sind Firmen, bei denen ich seit kurzer Zeit einkaufe. Es macht einen schlechten Eindruck, sofort zu bezahlen, wenn man erst kürzlich ein Konto eröffnet hat. Erweckt den Anschein, als hätte man es darauf abgesehen, später Kredit zu bekommen."

„Ah!", murmelte Poirot. „Ich verneige mich vor Ihrer überlegenen Kenntnis britischer Geschäftsleute."

„Es gibt nicht viel, das ich nicht über sie weiß", sagte Miss Lemon grimmig.

Der Brief an Miss Amelia Barrowby wurde pünktlich geschrieben und abgeschickt, aber es kam keine Antwort. „Vielleicht", dachte Poirot, „hat die alte Dame das Geheimnis selbst enträtselt." Dennoch war er ein wenig überrascht, weil sie, falls das der Fall war, keine höfliche Absage in dem Sinn geschrieben hatte, dass sie seiner Dienste nun doch nicht bedürfe.

Fünf Tage später sagte Miss Lemon, nachdem sie ihre Anweisungen für den Tag bekommen hatte: „Kein Wunder, dass diese Miss Barrowby nicht antwortet. Sie ist tot."

„Ach – tot", entgegnete Poirot sehr leise. Es klang eher wie eine Antwort, nicht wie eine Frage.

Miss Lemon öffnete ihre Handtasche und nahm einen Teil einer Zeitung heraus. „Ich habe es in der U-Bahn entdeckt und herausgerissen."

Anerkennend stellte Poirot fest, dass die Meldung, obwohl Miss Lemon „herausgerissen" gesagt hatte, fein säuberlich mit der Schere ausgeschnitten worden war. Sie stammte aus der *Morning Post*, Rubrik Geburten, Todesfälle, Eheschließungen, und lautete:

„Völlig unerwartet verstarb am 26. März in ‚Rosebank', Charman's Green, Amelia Barrowby im dreiundsiebzigsten Lebensjahr. Von Blumenspenden bitten wir abzusehen."

Poirot las die Anzeige noch einmal. „Völlig unerwartet", sagte er leise vor sich hin. Dann laut: „Bitte, schreiben Sie, Miss Lemon!"

Ihr Bleistift war einsatzbereit. Miss Lemon, in Gedanken bei den Feinheiten ihres Ablagesystems, nahm schnell und korrekt folgendes Stenogramm auf:

Liebe Miss Barrowby,
zwar habe ich von Ihnen auf mein Schreiben keine Antwort erhalten, doch da ich am Freitag ohnehin in der Nähe von Charman's Green bin, werde ich mir erlauben, Sie an diesem Tag aufzusuchen, um mit Ihnen die Angelegenheit zu besprechen, die Sie in Ihrem Brief erwähnten.

Ihr ergebener
und so weiter ...

„Tippen Sie diesen Brief bitte gleich. Wenn er sofort zur Post gebracht wird, müsste er heute Abend in Charman's Green sein."

Am nächsten Morgen kam mit der zweiten Post ein schwarz umrandeter Brief:

Sehr geehrter Herr,
in Beantwortung Ihres Schreibens an meine Tante, Miss Barrowby, muss ich Ihnen leider mitteilen, dass sie am 26. des Monats verstorben ist. Die

von Ihnen erwähnte Angelegenheit hat sich daher erledigt.

Ihre ergebene
Mary Delafontaine

Poirot lächelte in sich hinein. „‚Hat sich daher erledigt ...‘ Ah, genau das wollen wir sehen. *En avant*, nach Charman's Green!"

‚Rosebank‘ war ein Haus, das seinem Namen Ehre zu machen schien, was man nicht von allen Häusern dieser Klasse und Art behaupten kann.

Hercule Poirot blieb auf dem Weg zur Haustür stehen und betrachtete entzückt die ordentlich angelegten Blumenbeete links und rechts: Rosensträucher, die später im Jahr eine herrliche Blüte versprachen, und im Augenblick gelbe Narzissen, frühe Tulpen und blaue Hyazinthen. Das Hyazinthenbeet war zum Teil mit Schalen eingefasst.

„Wie lautet er nur, der Vers, den die englischen Kinder manchmal singen?", murmelte Poirot. „‚Mrs Mary, wie wächst es denn in Ihrem Garten? Muschelschalen und Schneeglöckchen und hübsche Mädchen in einer Reihe ...‘ Nun, vielleicht nicht gerade in einer Reihe", überlegte er laut. „Aber ein hübsches Mädchen gibt es hier jedenfalls, und dann stimmt der kleine Vers wieder."

Die Haustür hatte sich geöffnet, und ein adrettes Hausmädchen mit Schürze und Häubchen musterte ein wenig misstrauisch den ausländischen Gentleman mit dem großen Schnurrbart, der im Garten laute Selbstgespräche führte. Es war, wie Poirot feststellte, ein sehr hübsches Mädchen mit runden blauen Augen und rosigen Wangen.

Er lüftete höflich den Hut. „Pardon“, sagte er, „wohnt hier eine Miss Amelia Barrowby?“

Das Mädchen seufzte tief, die Augen wurden noch runder. „Oh, Sir, wissen Sie es denn nicht? Sie ist tot! Ganz, ganz plötzlich ist sie gestorben. Am Dienstagabend.“

Sie zögerte, zwischen zwei Versuchungen hin und her gerissen: dem Ausländer zu misstrauen oder dem prickelnden Vergnügen nachzugeben, sich über Krankheit und Tod zu unterhalten, wie es Menschen ihrer Schicht gern taten.

„Sie setzen mich in Erstaunen“, sagte Hercule Poirot, nicht ganz der Wahrheit entsprechend. „Ich war für heute mit ihr verabredet. Aber vielleicht kann ich mit der Dame sprechen, die jetzt hier wohnt?“

Das Mädchen schien ein wenig unsicher. „Vielleicht können Sie mit ihr sprechen, aber ich weiß nicht, ob sie jemanden empfängt oder nicht.“

„Mich empfängt sie bestimmt“, erwiderte Poirot und reichte ihr seine Karte.

Sein herrischer Ton blieb nicht ohne Wirkung. Das Mädchen mit den rosigen Wangen trat beiseite und führte ihn in ein Wohnzimmer auf der rechten Seite der Halle. Dann ging sie, die Visitenkarte in der Hand, ihre Herrin holen. Hercule Poirot sah sich um. Der Raum war ein ganz gewöhnliches Wohnzimmer – hellgraue Tapete mit einem schmalen Schmuckstreifen als Abschluss, farblich unbestimmbare Sesselbezüge, rosafarbene Kissen und Vorhänge, viel Porzellannippes und Zierstücke. Nichts an diesem Zimmer war ungewöhnlich oder ließ auf eine eigenwillige Besitzerin schließen.

Plötzlich spürte Poirot, der sehr feinfühlig war, dass jemand ihn beobachtete. Er fuhr herum. Unter der Verandatür stand ein Mädchen – ein blasses Mädchen mit sehr schwarzem Haar und misstrauischen Augen.

Sie kam herein, und als Poirot sich leicht verneigte, stieß sie schroff hervor: „Was wollen Sie hier?"

Poirot schwieg. Er zog nur die Brauen hoch.

„Sie sind kein Anwalt – nicht?" Ihr Englisch war gut, aber keine Minute lang hätte man sie für eine Engländerin gehalten.

„Warum sollte ich ein Anwalt sein, Mademoiselle?"

Das Mädchen starrte ihn mürrisch an. „Ich dachte, Sie seien vielleicht einer. Ich dachte, Sie seien vielleicht gekommen, um mir zu erklären, sie habe nicht gewusst, was sie tat. Ich habe von solchen Fällen gehört – eine unzulässige Beeinflussung. So nennt man es doch, was? Aber das stimmt nicht. Sie wollte, dass ich das Geld bekomme, und ich werde es bekommen. Wenn es nötig ist, nehme ich mir selbst einen Anwalt. Das Geld gehört mir! So hat sie es aufgeschrieben, und so soll es sein." Sie sah hässlich aus mit ihrem vorgestreckten Kinn und den düster glänzenden Augen.

Die Tür wurde geöffnet, eine große Frau trat ein und sagte: „Katrina!"

Das Mädchen schrak zusammen, errötete, murmelte etwas Unverständliches und lief durch die Verandatür hinaus.

Poirot wandte sich der Frau zu, die mit einem einzigen Wort die Situation gemeistert hatte. Aus ihrer Stimme hatten Autorität, Verachtung und eine Spur wohlerzogener Ironie geklungen. Das musste die Besitzerin des Hauses sein, Mary Delafontaine.

„Monsieur Poirot? Ich habe Ihnen geschrieben. Bestimmt haben Sie meinen Brief nicht bekommen.“

„Leider nein, ich war nicht in London.“

„Ich verstehe, das erklärt die Sache. Ich heiße Delafontaine. Das ist mein Mann. Miss Barrowby war meine Tante.“

Mr Delafontaine war so leise hereingekommen, dass sein Erscheinen unbemerkt geblieben war. Er war ein großer, grauhaariger Mann, der irgendwie unsicher wirkte. Er hatte die Angewohnheit, nervös sein Kinn zu betasten, und sah ständig zu seiner Frau hin. Offensichtlich erwartete er von ihr, dass sie bei jedem Gespräch die Führung übernahm.

„Ich bedaure sehr, dass ich Sie in Ihrer Trauer störe“, sagte Poirot.

„Es ist nicht Ihre Schuld, das weiß ich“, sagte Mrs Delafontaine. „Meine Tante starb am Dienstagabend. Und zwar völlig unerwartet.“

„Ganz, ganz unerwartet“, echote Mr Delafontaine. „Schwerer Schlag.“ Seine Augen beobachteten die Verandatür, durch die das fremdländisch wirkende Mädchen verschwunden war.

„Ich entschuldige mich“, sagte Hercule Poirot. „Und ich ziehe mich zurück.“ Er machte einen Schritt auf die Tür zu.

„Einen Moment!“, rief Mr Delafontaine. „Sie – hm – waren mit Tante Amelia verabredet, sagen Sie?“

„*Parfaitement.*“

„Vielleicht verraten Sie uns, worum es sich handelte“, sagte Mrs Delafontaine. „Wenn wir irgendetwas für Sie tun können ...“

„Es war eine vertrauliche Angelegenheit“, erwiderte Poirot. „Ich bin Detektiv“, fügte er ruhig hinzu.

Mr Delafontaine warf eine kleine Porzellanfigur um, mit der er gespielt hatte. Seine Frau machte ein verblüfftes Gesicht.

„Detektiv? Und Sie waren mit meiner Tante verabredet? Wie ungewöhnlich!“ Sie starrte ihn an. „Können Sie uns nicht Näheres erzählen, Monsieur Poirot? Es – es erscheint mir so fantastisch!“

Poirot schwieg einen Augenblick. Als er antwortete, wählte er seine Worte sehr sorgfältig.

„Es ist schwierig, Madame, zu entscheiden, was ich tun soll.“

„Hören Sie“, sagte Mr Delafontaine. „Hat sie vielleicht Russen erwähnt?“

„Russen?“

„Ja, Sie wissen doch – Bolschewisten, Rote, solche Leute eben.“

„Mach dich nicht lächerlich, Henry!“, mahnte seine Frau.

Mr Delafontaine trat sofort den Rückzug an. „Entschuldige – entschuldige, ich war nur neugierig.“

Mary Delafontaine sah Poirot offen an. Sie hatte leuchtend blaue Augen, so blau wie Vergissmeinnicht. „Wenn Sie uns Genaueres sagen könnten, Monsieur Poirot, wäre ich Ihnen sehr verbunden. Ich versichere Ihnen, dass ich einen – einen guten Grund habe, Sie darum zu bitten.“

Mr Delafontaine machte ein erschrockenes Gesicht. „Sei vorsichtig, altes Mädchen, du weißt – es steckt vielleicht nichts dahinter."

Wieder brachte ihn seine Frau mit einem Blick zum Schweigen. „Nun, Monsieur Poirot?" Langsam und ernst schüttelte Poirot den Kopf. Er schüttelte ihn mit sichtlichem Bedauern, aber er schüttelte ihn. „Im Augenblick, Madame, darf ich leider gar nichts sagen", erklärte er.

Er verbeugte sich, nahm seinen Hut und ging zur Tür. Mary Delafontaine begleitete ihn in die Halle. Auf der Schwelle der Haustür blieb er stehen und sah sie an.

„Sie lieben Ihren Garten, nicht wahr, Madame?"

„Ich? Ja, ich verbringe viel Zeit mit Gartenarbeit."

„*Je vous fais mes compliments.*"

Er verneigte sich noch einmal und ging auf das Törtchen zu. Er verließ das Grundstück, wandte sich nach rechts und warf einen Blick zurück. Zwei Eindrücke blieben in seiner Erinnerung haften – ein blasses Gesicht, das ihn von einem Fenster im ersten Stock aus beobachtete, und ein Mann, der in aufrechter und soldatischer Haltung auf der gegenüberliegenden Straßenseite auf und ab ging.

Hercule Poirot nickte nachdenklich. „*Définitivement*", sagte er. „Die Maus sitzt im Loch. Was soll die Katze weiter tun?"

Die Antwort auf diese Frage führte ihn zum nächsten Postamt, in dem er zweimal telefonierte. Das Ergebnis der beiden Gespräche schien ihn zu befriedigen. Sein nächstes Ziel war der Polizeiposten von Charman's Green, wo er nach Inspektor Sims fragte.

Inspektor Sims war ein großer, bulliger Mann mit einer herzlichen Art. „Monsieur Poirot?“, fragte er. „Das dachte ich mir. Eben hat mich der Chef Ihretwegen angerufen. Er sagte, Sie würden vorbeikommen. Gehen wir in mein Büro.“

Nachdem er die Tür geschlossen hatte, bot der Inspektor Poirot einen Stuhl an, setzte sich auf einen anderen und musterte seinen Besucher mit lebhaftem Interesse.

„Sie sind sehr schnell, Monsieur Poirot. Sie kümmern sich um diesen ‚Rosebank‘-Fall, noch ehe wir richtig begriffen haben, dass es überhaupt ein Fall ist. Was hat Sie darauf gebracht?“

Poirot holte den Brief hervor und reichte ihn dem Inspektor, der ihn sehr aufmerksam las.

„Interessant“, sagte er. „Schwierig ist nur, dass er so vieles bedeuten kann. Was für ein Jammer, dass sie sich nicht ein bisschen deutlicher ausdrückte. Es würde uns jetzt viel helfen.“

„Vielleicht wäre gar keine Hilfe nötig gewesen.“

„Wie meinen Sie das?“

„Sie könnte noch am Leben sein.“

„Wollen Sie so weit gehen? Möglicherweise haben Sie sogar Recht.“

„Berichten Sie mir bitte den Tatbestand, Inspektor. Ich weiß überhaupt nichts.“

„Das ist schnell getan. Der alten Dame wurde es am Dienstag nach dem Abendessen übel. Sehr übel. Zuckungen, Krämpfe, alles Mögliche. Sie ließen den Arzt holen. Aber als er eintraf, war sie schon tot. Die allgemeine Meinung war, sie sei an irgendeinem unerklärlichen Anfall gestorben. Dem Arzt gefiel das

Ganze nicht besonders. Er zögerte und wand sich hin und her und brachte es ihnen so schonend wie möglich bei. Doch er sagte unmissverständlich, er könne den Totenschein nicht ausstellen. Für die Familie sind die Dinge noch nicht weiter gediehen, sie wartet das Ergebnis der Obduktion ab. Wir sind ein bisschen weiter. Der Arzt hat uns sofort einen Tipp gegeben – er und der Polizeiarzt haben die Autopsie gemeinsam vorgenommen –, und das Ergebnis steht eindeutig fest. Die alte Dame ist an einer beträchtlichen Dosis Strychnin gestorben."

„Aha!"

„Eben. Eine hässliche Sache. Jetzt geht es darum: Wer hat ihr das Gift gegeben? Und wann? Der Tod muss schnell eingetreten sein. Der erste Gedanke war natürlich, sie habe es mit dem Abendessen zu sich genommen, aber das scheint mir, offen gesagt, eine irrige Ansicht. Sie haben Artischockensuppe gegessen, die allen aus derselben Terrine serviert wurde, hinterher Fischauflauf und Apfelkuchen."

„Wer waren ‚sie'?"

„Miss Barrowby und Mr und Mrs Delafontaine. Miss Barrowby hatte eine Pflegerin und Gesellschafterin – eine Halbrussin –, aber sie aß nicht mit der Familie zusammen. Sie bekam die Reste, die aus dem Esszimmer abgeräumt wurden. Es gibt noch ein Hausmädchen, doch sie hatte an diesem Abend frei. Sie ließ die Suppe auf dem Herd, den Fischauflauf im Rohr, und der Apfelkuchen war kalt. Alle drei aßen das Gleiche, und abgesehen davon glaube ich nicht, dass man jemand auf diese Weise dazu bringen könnte, Strychnin zu schlucken. Das Zeug ist bitter wie Galle. Der Arzt behauptet, man schmecke es noch in einer Lösung von eins zu tausend oder so ähnlich."

„Kaffee?"

„Kaffee wäre geeigneter, aber die alte Dame trank nie Kaffee."

„Ich verstehe. Ja, das scheint ziemlich schwierig zu sein. Was trank sie zum Essen?"

„Wasser."

„Es wird immer schlimmer."

„Eine ziemlich harte Nuss, nicht wahr?"

„Hatte die alte Dame Vermögen?"

„Sie war sehr wohlhabend, glaube ich. Selbstverständlich kennen wir die genauen Einzelheiten noch nicht. Soviel ich weiß, geht es den Delafontaines finanziell ziemlich schlecht. Die alte Dame hat ihnen geholfen, das Haus zu unterhalten."

Poirot lächelte leicht. „Sie verdächtigen also die Delafontaines", sagte er. „Wen denn – ihn oder sie?"

„Ich glaube nicht, dass ich einen von ihnen besonders verdächtige. Aber so ist es nun mal: Sie sind die einzigen Verwandten, und ihr Tod bringt ihnen einen ordentlichen Haufen Geld ein, das steht für mich fest. Wir wissen alle, wie der Mensch ist."

„Manchmal unmenschlich, ja, das ist wahr! Und sonst hat die alte Dame weder etwas gegessen noch getrunken?"

„Nun, eigentlich ..."

„Aha, *voilà*! Ich ahnte, dass Sie noch einen Trumpf im Ärmel haben – die Suppe, der Fischauflauf, der Apfelkuchen – eine Kleinigkeit! Jetzt kommen wir zum Kern der Sache."

„Das weiß ich nicht. Tatsache jedoch ist, dass die alte Dame vor den Mahlzeiten regelmäßig eine Kapsel einnahm – keine Tablette und keine Pille, sondern eine Kapsel aus Oblatenmasse mit einem Pulver drin. Ein völlig harmloses Mittel gegen Verdauungsbeschwerden.“

„Vortrefflich! Nichts leichter, als eine Kapsel mit Strychnin zu füllen und zwischen die andern zu legen! Sie wird mit einem Glas Wasser geschluckt, und man schmeckt überhaupt nichts.“

„Das stimmt. Das Problem ist – das Mädchen hat sie ihr verabreicht.“

„Die Russin?“

„Ja. Katrina Rieger. Sie war bei Miss Barrowby eine Art Haustochter, Pflegerin und Gesellschafterin. Und wurde ziemlich viel herumkommandiert. Holen Sie das, holen Sie dieses und holen Sie jenes, reiben Sie mir den Rücken ein, bringen Sie mir meine Medizin, laufen Sie in die Apotheke – all so was eben. Sie wissen ja, wie das mit diesen alten Frauen ist – sie wollen nett und freundlich sein, aber eigentlich brauchen sie nur einen Sklaven.“

Poirot lächelte.

„Und das wär’s“, fuhr Sims fort. „Es passt einfach nicht ordentlich zusammen. Warum sollte das Mädchen Miss Barrowby vergiften? Die alte Dame stirbt, und das Mädchen verliert ihre Arbeit. Solche Stellungen sind nicht so leicht zu finden – die Kleine hat keine Ausbildung oder so.“

„Wenn die Schachtel mit den Kapseln offen im Haus herumlag, hatte vielleicht jeder eine Gelegenheit.“

„Natürlich kümmern wir uns darum. Ich sage Ihnen ganz offen, dass wir Ermittlungen anstellen – heimlich, wenn Sie verstehen, was ich meine. Wann das Rezept das letzte Mal ausgestellt und das Medikament geholt wurde, wo die Kapseln gewöhnlich aufbewahrt werden. Geduld und eine Menge Vorarbeiten, sie bringen uns schließlich ans Ziel. Und dann ist da noch Miss Barrowbys Anwalt. Ich treffe mich morgen mit ihm. Und mit dem Direktor der Bank. Es ist noch viel zu tun."

Poirot erhob sich. „Ich bitte Sie um einen kleinen Gefallen, Inspektor: Halten Sie mich in der Angelegenheit auf dem Laufenden. Ich wüsste es sehr zu schätzen. Hier ist meine Telefonnummer."

„Aber selbstverständlich, Monsieur Poirot. Zwei Köpfe sind besser als einer. Und schließlich hat sie Ihnen diesen Brief geschrieben – deshalb sollten Sie wirklich mitmischen."

„Sie sind sehr liebenswürdig, Inspektor." Höflich schüttelte Poirot Sims die Hand und ging.

Am nächsten Nachmittag wurde er ans Telefon gerufen. „Ist dort Monsieur Poirot? Hier spricht Inspektor Sims. In der Angelegenheit, von der wir beide wissen, haben wir ein paar Trümpfe zugespielt bekommen."

„Tatsächlich? Erzählen Sie, ich bitte darum!"

„Nun, hier ist Punkt eins – ein ziemlich gewichtiger Punkt: Miss B. hat ihrer Nichte nur ein kleines Legat hinterlassen, alles andere erbt K. ‚Als Entgelt für die aufopfernde Pflege und Fürsorge', wie es heißt. Damit ändert sich das Bild natürlich."

Eine Erinnerung drängte sich Poirot auf. Ein mürrisches Gesicht und eine leidenschaftliche Stimme, die sagte: „Das Geld gehört mir. So hat sie es aufgeschrieben, und so soll es sein." Die Erbschaft war für Katrina keine Überraschung, sie hatte Bescheid gewusst.

„Punkt zwei", fuhr Inspektor Sims fort. „Niemand außer K. hatte die Kapseln in der Hand."

„Sind Sie ganz sicher?"

„Das Mädchen streitet es selbst nicht ab. Was halten Sie davon?"

„Hochinteressant."

„Uns fehlt nur noch eins – der Beweis, wie sie sich das Strychnin verschaffte. Aber das herauszufinden dürfte nicht schwierig sein."

„Bisher hatten Sie noch keinen Erfolg?"

„Ich habe kaum mit den Ermittlungen angefangen. Die gerichtliche Voruntersuchung war erst heute Morgen."

„Wie ging sie aus?"

„Sie wurde auf nächste Woche vertagt."

„Und die junge Dame – K.?"

„Ich habe sie als Tatverdächtige festgenommen. Möchte keine Risiken eingehen. Vielleicht hat sie ein paar komische Freunde im Land, die versuchen könnten, sie hinauszuschmuggeln."

„Nein", sagte Poirot, „ich glaube nicht, dass sie Freunde hat."

„Tatsächlich? Warum sagen Sie das, Monsieur Poirot?"

„Ach, das ist nur so eine Idee von mir. Andere Punkte, wie Sie das nennen, gibt es nicht?"

„Nichts, was von Bedeutung wäre. Miss B. scheint in letzter Zeit mit Aktien spekuliert und eine ziemlich hohe Summe verloren zu haben. Die Sache ist recht undurchsichtig, aber ich sehe keinen Zusammenhang mit unserem Verbrechen, zurzeit jedenfalls nicht."

„Vielleicht haben Sie Recht. Meinen besten Dank. Es war sehr freundlich von Ihnen, mich anzurufen."

„Nicht der Rede wert. Ich stehe zu meinem Wort. Ich habe ja gesehen, wie interessiert Sie sind. Wer weiß, vielleicht können Sie mir sogar noch helfen, bevor der Fall geklärt ist."

„Mit dem größten Vergnügen. Es könnte Ihnen zum Beispiel nützen, wenn es mir gelänge, einen Freund dieser Katrina aufzustöbern."

„Haben Sie nicht gesagt, sie habe keine Freunde?", fragte Inspektor Sims überrascht.

„Ich habe mich geirrt", antwortete Hercule Poirot. „Sie hat einen."

Bevor der Inspektor noch eine weitere Frage stellen konnte, hatte Poirot aufgelegt.

Mit ernster Miene wanderte er in das Zimmer hinüber, in dem Miss Lemon an der Schreibmaschine saß. Als ihr Arbeitgeber hereinkam, nahm sie die Hände von den Tasten und blickte fragend auf.

„Ich möchte", sagte Poirot, „dass Sie sich selbst einen Reim auf eine kleine Geschichte machen."

Resigniert ließ Miss Lemon die Hände in den Schoß sinken. Es machte ihr Spaß zu tippen, Rechnungen zu bezahlen, Akten abzulegen und Verabredungen zu treffen. Wenn man sie jedoch bat, sich in eine hypothetische Situation zu versetzen, langweilte sie das unendlich, aber sie nahm es als den unangenehmen Teil ihrer Pflichten mit in Kauf.

„Sie spielen eine Russin", begann Poirot.

„Ja", sagte Miss Lemon und sah dabei so britisch aus wie nur möglich.

„Sie sind in diesem Land allein und haben keine Freunde. Sie arbeiten als eine Art Aschenbrödel – Hausmädchen, Pflegerin und Gesellschafterin bei einer alten Dame. Sie sind sanftmütig, geduldig und murren nie."

„Ja", sagte Miss Lemon gehorsam, konnte sich jedoch überhaupt nicht vorstellen, irgendeiner alten Dame gegenüber sanftmütig zu sein.

„Die alte Dame schließt Sie in ihr Herz und will Ihnen deshalb ihr Geld hinterlassen. Sie sagt es Ihnen auch." Poirot machte eine Pause.

Miss Lemon sagte wieder: „Ja."

„Und dann entdeckt die alte Dame etwas. Vielleicht hat es mit Geld zu tun – vielleicht stellt sie fest, dass Sie nicht ehrlich zu ihr waren. Oder etwas noch Ernsteres – eine Medizin schmeckt anders, ein Gericht bekommt ihr nicht. Sie wird auf jeden Fall misstrauisch und schreibt an einen sehr berühmten Detektiv – *enfin*, an den berühmtesten Detektiv unserer Zeit – an mich! Ich soll sie bald besuchen. Und damit ist, wie man hier sagt, der Teufel los. Wichtig ist, schnell zu handeln. Darum muss die alte Dame sterben, bevor der große Detektiv mit ihr sprechen kann. Und Sie erben das Geld ... Finden Sie, dass diese Geschichte logisch klingt?"

„Durchaus logisch", sagte Miss Lemon. „Das heißt, durchaus logisch für eine Russin. Ich würde ja nie eine Stellung als Gesellschafterin annehmen. Ich habe es lieber, wenn mein Aufgabengebiet klar umrissen ist. Und selbstverständlich würde es mir nicht einmal im Traum einfallen, jemand zu ermorden."

Poirot seufzte. „Wie vermisse ich doch meinen Freund Hastings! Er hat eine so lebhafte Fantasie, ein so romantisches Gemüt. Es stimmt ja, dass er immer die falschen Schlüsse zog, aber das allein war schon ein Hinweis."

Miss Lemon schwieg. Sie hatte schon früher von Poirots Freund Hastings gehört, er interessierte sie jedoch nicht. Sie schielte sehnsüchtig auf den getippten Bogen vor sich.

„Es kommt Ihnen also logisch vor", überlegte Poirot.

„Ihnen nicht?"

„Fast fürchte ich – mir auch." Poirot seufzte.

Das Telefon klingelte, und Miss Lemon nahm das Gespräch entgegen. „Es ist schon wieder Inspektor Sims", sagte sie.

Poirot eilte an den Apparat. „'allo, 'allo. Was haben Sie gesagt?"

„Wir haben ein Päckchen mit Strychnin im Schlafzimmer des Mädchens gefunden – unter der Matratze versteckt", wiederholte Sims. „Der Sergeant brachte eben die Nachricht. Damit dürfte alles gelaufen sein, denke ich."

„Ja", sagte Poirot, „damit ist, denke ich, alles gelaufen." Seine Stimme hatte sich verändert, sie klang jetzt plötzlich zuversichtlich.

Nachdem er aufgelegt hatte, ging er in sein Zimmer, setzte sich an seinen Schreibtisch und rückte mechanisch jeden Gegenstand zurecht, der darauf lag oder stand. „Da war doch irgendetwas", murmelte er vor sich hin. „Ich habe es gefühlt – nein, nicht gefühlt. Es muss etwas gewesen sein, das ich sah. *En avant*, ihr kleinen grauen Zellen! Überlegt, denkt nach! War alles logisch und in Ordnung? Das Mädchen – ihre Sorge wegen des Geldes. Madame Delafontaine. Ihr Mann – seine Bemerkung über Russen, Schwachsinn! Der ist nicht ganz richtig im Kopf. Das Zimmer? Der Garten – ah! Ja, der Garten!"

Er richtete sich gerade auf. Ein grünes Leuchten schimmerte plötzlich in seinen Augen. Er sprang auf und lief ins Nebenzimmer.

„Miss Lemon, lassen Sie alles liegen und stehen, Sie müssen eine kleine Ermittlung für mich durchführen."

„Eine Ermittlung, Monsieur Poirot? Ich habe leider kein großes Talent für ..."

„Sie haben vor ein paar Tagen gesagt, Sie wüssten alles über Geschäftsleute", unterbrach er sie.

„Das stimmt auch", antwortete Miss Lemon selbstsicher.

„Dann ist die Sache einfach. Sie fahren nach Charman's Green und machen sich auf die Suche nach einem Fischhändler."

„Einem Fischhändler?", fragte sie überrascht.

„Genau. Nach dem Fischhändler, der ‚Rosebank' mit Fisch beliefert. Sobald Sie ihn gefunden haben, stellen Sie ihm eine bestimmte Frage."

Er reichte ihr einen Zettel. Miss Lemon nahm ihn, las uninteressiert, was darauf stand, nickte und deckte ihre Schreibmaschine zu.

„Wir fahren nach Charman's Green", sagte Poirot. „Sie gehen zum Fischhändler und ich zur Polizei. Von der Baker Street aus brauchen wir ungefähr eine halbe Stunde."

Inspektor Sims begrüßte ihn erstaunt. „Das nenne ich rasche Arbeit, Monsieur Poirot", sagte er. „Wir haben doch erst vor einer Stunde telefoniert."

„Ich habe eine Bitte", entgegnete Poirot. „Würden Sie mir erlauben, mit diesem Mädchen zu sprechen, Katrina – wie heißt sie noch?"

„Katrina Rieger. Ich glaube nicht, dass es dagegen etwas einzuwenden gibt."

Das Mädchen Katrina wirkte mürrischer denn je.

„Mademoiselle", sagte Poirot sehr freundlich, „Sie müssen mir glauben, dass ich nicht Ihr Feind bin. Ich möchte, dass Sie mir die Wahrheit sagen."

In ihren Augen blitzte es trotzig auf. „Ich habe die Wahrheit gesagt. Wenn die alte Dame wirklich vergiftet wurde – ich habe es nicht getan. Es ist alles ein Irrtum. Sie wollen verhindern, dass ich das Geld bekomme." Ihre Stimme klang krächzend.

„Sie sieht", dachte Poirot, „wie eine armselige, in die Enge getriebene Ratte aus." – „Erzählen Sie mir etwas über diese Kapsel, Mademoiselle", fuhr Poirot fort. „Hat sie außer Ihnen noch jemand in der Hand gehabt?"

„Ich habe Nein gesagt, oder? Der Apotheker hat sie am Nachmittag gefüllt. Ich habe die Packung in meiner Tasche nach Hause gebracht, kurz vor dem Abendessen. Ich öffnete sie und gab Miss Barrowby eine Kapsel, zusammen mit einem Glas Wasser."

„Und außer Ihnen hat die Schachtel niemand in der Hand gehabt?"

„Nein." Eine in die Enge getriebene Ratte – mit Mut.

„Und Miss Barrowby hat zum Abendessen nur das bekommen, was man uns sagte? Suppe, Fischauflauf, Kuchen?"

„Ja." Ein verzweifeltes Ja. Dunkle, bohrende Augen, die nirgends einen Hoffnungsschimmer sahen.

Poirot klopfte ihr leicht auf die Schulter. „Seien Sie guten Mutes, Mademoiselle. Vielleicht wartet die Freiheit auf Sie – ja, und das Geld – und ein sorgloses Leben."

Sie sah ihn misstrauisch an.

Nachdem er die Zelle verlassen hatte, sagte Sims zu ihm: „Ich habe nicht ganz mitbekommen, wie Sie das am Telefon meinten – dass das Mädchen doch einen Freund habe."

„Sie hat einen", erwiderte Poirot. „Mich!" Er verließ die Wache, bevor der Inspektor sich wieder gefasst hatte.

Poirot hatte sich mit Miss Lemon im „Green Cat Tearoom" verabredet. Sie ließ ihn nicht lange warten und kam sofort zur Sache.

„Der Mann heißt Rudge, sein Laden ist in der Hauptstraße, und Sie haben Recht gehabt. Genau anderthalb Dutzend. Ich habe mir notiert, was er sagte." Sie reichte ihm einen Zettel.

Poirot stieß ein Geräusch aus, das wie das tiefe Schnurren einer zufriedenen Katze klang.

Hercule Poirot begab sich nach ‚Rosebank'. Als er, die untergehende Sonne im Rücken, im Vorgarten stand, trat Mrs Delafontaine aus dem Haus.

„Monsieur Poirot!", rief sie überrascht. „Sie sind zurückgekommen?"

„Ja, ich bin zurückgekommen." Nach einer kleinen Pause fügte er hinzu: „Als ich das erste Mal hier war, Madame, musste ich an einen alten Kindervers denken: ‚Mrs Mary, wie wächst es denn in Ihrem Garten? Muschelschalen und Schneeglöckchen und hübsche Mädchen in einer Reihe ...'

Nur – es sind keine Muschelschalen, nicht wahr, Madame? Es sind Austernschalen." Er wies auf die Einfassung des Hyazinthenbeetes.

Er hörte, wie sie tief Luft holte. Dann stand sie völlig still da und starrte ihn an. In ihren Augen lag eine Frage.

Er nickte. „*Mais oui*, ich weiß alles. Das Mädchen stellte das Abendessen warm, und Katrina wird beschwören, dass es außer den bekannten drei Gängen nichts weiter gab. Nur Sie und Ihr Mann wissen, dass Sie anderthalb Dutzend Austern kauften – ein kleiner Leckerbissen *pour la bonne tante*. Es ist ganz leicht, Strychnin in eine Auster zu praktizieren. Man schluckt sie im Ganzen hinunter – *comme ça*! Aber die Schalen bleiben übrig, und man kann sie nicht in den Mülleimer werfen. Das Hausmädchen würde es merken. Da dachten Sie, wie unverfänglich es sei, sie für eine Beeteinfassung zu verwenden. Aber es waren nicht genug, die Einfassung ist nicht fertig geworden. Die Wirkung ist ungünstig, sie stört die Symmetrie eines sonst so bezaubernden Gartens. Die

Austernschalen passen nicht her, sie haben mir schon bei meinem ersten Besuch missfallen."

„Ich vermute, Sie haben es aus ihrem Brief", sagte Mary Delafontaine. „Ich wusste, dass meine Tante Ihnen geschrieben hatte, aber ich wusste nicht, was und wie viel."

„Mir war auf jeden Fall klar, dass es sich nur um eine Familienangelegenheit handeln konnte", antwortete Poirot ausweichend. „Wäre es um Katrina gegangen, hätte sie kaum den Wunsch gehabt, die Sache zu vertuschen. Soviel ich weiß, haben Sie und Ihr Mann Miss Barrowbys Wertpapiere verwaltet und kräftig in die eigene Tasche gewirtschaftet. Und sie ist dahinter gekommen ..."

Mary Delafontaine nickte. „Wir haben es seit Jahren getan – ein bisschen da und ein bisschen dort. Ich hätte nie gedacht, dass sie so klug ist, uns auf die Schliche zu kommen. Und dann erfuhr ich, dass sie sich mit einem Detektiv in Verbindung gesetzt hatte. Außerdem stellte ich fest, dass sie ihr Geld Katrina hinterlassen wollte, dieser jämmerlichen kleinen Kreatur."

„Und deshalb haben Sie das Strychnin in Katrinas Schlafzimmer versteckt, wenn ich das richtig verstanden habe? Sie wollten sich und Ihren Mann retten, und deshalb einem unschuldigen jungen Wesen einen Mord in die Schuhe schieben. Haben Sie denn überhaupt kein Mitleid, Madame?"

Mary Delafontaine zuckte mit den Schultern, und ihre vergissmeinnichtblauen Augen blickten in die von Poirot. Er erinnerte sich, wie perfekt sie die Szene beherrscht hatte, als er das erste Mal hier gewesen war, und auch die ungeschickten Versuche ihres Mannes fielen ihm wieder ein. Eine Frau über dem Durchschnitt – aber eine unmenschliche Frau.

„Mitleid?“, sagte sie. „Für diese elende, intrigante kleine Ratte?“ Aus ihrer Stimme klang tiefste Verachtung.

„Ich denke, Madame, dass Ihnen im Leben nur zweierlei wichtig war“, sagte Hercule Poirot bedächtig. „Ihr Mann und ...“

Ihre Lippen begannen zu zittern.

„Und – und Ihr Garten.“

Er sah um sich. Sein Blick schien die Blumen um Verzeihung zu bitten für das, was er getan hatte und was er noch tun würde.

Poirot und der Kidnapper

„Sie müssen die Gefühle einer Mutter verstehen!“, sagte Mrs Waverly vielleicht zum sechsten Mal.

Sie sah Poirot flehend an. Mein kleiner Freund, der mit einer verzweifelten Mutter immer Mitleid hatte, machte ein paar beschwichtigende Gesten.

„Aber ja, aber ja, ich verstehe vollkommen. Vertrauen Sie nur Papa Poirot.“

„Die Polizei –“, begann Mr Waverly.

Seine Frau schob seinen Einwurf mit einer Handbewegung beiseite. „Ich will nichts mehr mit der Polizei zu tun haben. Wir haben ihr vertraut, und was hat sie erreicht? Aber ich habe so viel von Monsieur Poirot und den großartigen Dingen gehört, die er vollbracht hat, dass ich überzeugt bin, er kann uns helfen. Die Gefühle einer Mutter ...“

Poirot verhinderte mit einer hastigen, sehr ausdrucksvollen Geste, dass sie wiederholte, was sie schon so oft gesagt hatte. Mrs Waverlys Erregung war offensichtlich aufrichtig, aber sie passte nicht zu ihren klugen, ziemlich harten Gesichtszügen. Als ich später erfuhr, dass sie die Tochter eines bekannten Stahlindustriellen aus Birmingham war, der sich vom Büroboten zu seiner derzeitigen Stellung hochgearbeitet hatte, wurde mir klar, dass sie viele der väterlichen Eigenschaften geerbt hatte.

Mr Waverly war ein großer, blühend und freundlich aussehender Mann. Er stand mit breit gespreizten Beinen da und sah wie die Verkörperung eines Landjunkers aus. „Ich vermute, Sie wissen alles über die Sache, Monsieur Poirot?“

Die Frage war fast überflüssig. Seit einigen Tagen berichtete jede Zeitung ausführlich über die sensationelle Entführung des kleinen Johnnie Waverly, des dreijährigen Sohnes und Erben von Marcus Waverly, ‚Waverly Court‘, Surrey. Die Waverlys waren eine der ältesten Familien Englands.

„Die wesentlichen Tatsachen kenne ich natürlich, aber ich bitte Sie, mir noch einmal die ganze Geschichte zu erzählen, Monsieur. Und in allen Einzelheiten.“

„Tja, angefangen hat es, glaube ich, vor zehn Tagen, als ich einen anonymen Brief bekam – immer eine grässliche Sache –, aus dem ich nicht schlau wurde. Der Schreiber hatte die Unverschämtheit, fünfundzwanzigtausend Pfund von mir zu verlangen – fünfundzwanzigtausend Pfund, Monsieur Poirot! Falls ich nicht zahlte, drohte er, Johnnie zu entführen. Selbstverständlich warf ich den Zettel sofort in den Papierkorb. Hielt ihn für einen albernen Scherz. Fünf Tage später bekam ich den nächsten Brief: ‚Wenn Sie nicht zahlen, wird Ihr Sohn am Neunundzwanzigsten entführt.‘ Das war am Siebenundzwanzigsten. Ada machte sich Sorgen, aber ich brachte es einfach nicht fertig, die Sache ernst zu nehmen. Verdammt noch mal, wir leben schließlich in England! Hier werden keine Kinder entführt und Lösegelder erpresst.“

„Nun, es ist gewiss nicht landesüblich“, sagte Poirot. „Fahren Sie fort, Monsieur.“

„Ada ließ mir keine Ruhe, also trug ich – wobei ich mir ein bisschen albern vorkam – die Sache Scotland Yard vor. Auch dort schien man sie nicht ernst zu nehmen und neigte – wie ich – zu der Überzeugung, dass es ein dummer Scherz sei. Am Achtundzwanzigsten bekam ich einen dritten Brief. ‚Sie haben nicht gezahlt. Ihr Sohn wird morgen, am Neunundzwanzigsten, um zwölf Uhr mittags entführt. Es kostet Sie fünfzigtausend, ihn zurückzubekommen.‘ Ich fuhr wieder zu Scotland Yard. Diesmal war man dort schon deutlich mehr beeindruckt. Man schien der Meinung zu sein, dass die Briefe von einem Verrückten stammten und zum angegebenen Zeitpunkt tatsächlich etwas geschehen könnte. Aber man versicherte mir, man werde alle nötigen Vorsichtsmaßnahmen treffen. Inspektor McNeil wollte am nächsten Morgen mit einer ausreichenden Anzahl seiner Leute nach ‚Waverly Court‘ kommen, um uns Polizeischutz zu geben.

Ich fuhr sehr erleichtert nach Hause. Wir hatten bereits das Gefühl, uns im Belagerungszustand zu befinden. Ich ordnete an, dass kein Unbekannter hereingelassen werden und niemand aus dem Haus gehen dürfe. Der Abend verlief ohne Zwischenfall, aber am nächsten Morgen fühlte meine Frau sich ernstlich krank. Ihr Zustand beunruhigte mich, und ich ließ Dr. Dakers holen. Die Krankheitssymptome erschienen ihm rätselhaft. Obwohl er zögerte anzudeuten, dass sie vergiftet worden sei, merkte ich, dass er diese Möglichkeit in Betracht zog. Es bestehe keine Gefahr, versicherte er mir, aber es würde einen oder zwei Tage dauern, bis sie wieder gesund sei. Als ich in mein Zimmer zurückkehrte, entdeckte ich zu meinem Erstaunen einen an mein Kopfkissen gehefteten Zettel. Es war dieselbe Handschrift wie die in den Briefen. Nur drei Worte: ‚Um zwölf Uhr.‘

Da sah ich rot, Monsieur Poirot, das gebe ich zu. Jemand in meinem eigenen Haus war in die Sache verwickelt, einer der Dienstboten. Ich ließ alle heraufkommen und hielt ihnen eine ordentliche Standpauke. Sie verraten sich nie gegenseitig. Es war Miss Collins, die Gesellschafterin meiner Frau, die mir mitteilte, sie habe am frühen Morgen Johnnies Kinderschwester die Zufahrt hinunterlaufen sehen. Ich sagte es ihr auf den Kopf zu, und sie brach zusammen. Sie hatte das Kind in der Obhut eines Mädchens zurückgelassen und sich aus dem Haus geschlichen, um sich mit einem Mann zu treffen. Eine schöne Bescherung! Sie leugnete, den Zettel an mein Kopfkissen geheftet zu haben. Vielleicht sagt sie sogar die Wahrheit. Ich weiß es nicht. Ich wusste nur, ich konnte es nicht riskieren, dass die Kinderschwester meines Sohnes an der Verschwörung beteiligt war. Einer der Angestellten war darin verwickelt, davon war ich überzeugt. Schließlich verlor ich die Geduld und warf die ganze Bande hinaus, die Kinderschwester und alle andern. Ich gab ihnen eine Stunde Zeit, ihr Bündel zu schnüren und das Haus zu verlassen.“

Mr Waverlys rotes Gesicht war in der Erinnerung an seinen gerechten Zorn um zwei Schattierungen röter geworden.

„War das nicht ein bisschen unbesonnen, Monsieur?“, meinte Poirot. „Woher wollten Sie wissen, dass Sie damit nicht dem Gegner in die Hände spielten?“

Mr Waverly sah ihn starr an. „Das glaube ich nicht. Die ganze Bande hinauswerfen, das war mein einziger Gedanke. Ich telegrafierte nach London, man solle mir bis zum Abend eine neue Mannschaft schicken. Inzwischen würden nur Leute im Haus sein, denen ich vertrauen konnte, die Sekretärin meiner Frau, Miss Collins, und Tredwell, der Butler, der schon seit meiner Kindheit bei uns ist.“

„Und wie lange ist diese Miss Collins bei Ihnen?“

„Erst ein Jahr“, sagte Mrs Waverly. „Sie ist mir als Sekretärin und Gesellschafterin unentbehrlich, und außerdem ist sie eine sehr tüchtige Haushälterin.“

„Die Kinderschwester?“

„Sie war sechs Monate bei uns, und sie hatte ausgezeichnete Referenzen. Trotzdem habe ich sie nie so recht gemocht, obwohl Johnnie sehr an ihr hing.“

„Aber als es zur Katastrophe kam, war sie nicht mehr hier, wenn ich das richtig verstanden habe. Fahren Sie bitte fort, Mr Waverly.“

Mr Waverly nahm seinen Bericht wieder auf.

„Inspektor McNeil kam gegen halb elf. Das Personal hatte das Haus bereits verlassen. Er war mit den internen Maßnahmen sehr zufrieden und postierte mehrere seiner Männer im Park, sodass sie alle Zugänge zum Haus beobachten konnten. Er versicherte mir, dass wir, wenn das Ganze kein Schwindel sei, den geheimnisvollen Briefschreiber zweifellos erwischen würden.

Ich hatte Johnnie bei mir und ging mit ihm und dem Inspektor in ein Zimmer, das wir die Ratsstube nennen. Der Inspektor schloss die Tür ab. In dem Zimmer steht eine große Standuhr, und während die Zeiger langsam auf die Zwölf vorrückten, muss ich gestehen, dass ich entsetzlich nervös wurde. Die Uhr gab ein schnarrendes Geräusch von sich und begann dann zu schlagen. Ich drückte Johnnie fest an mich, denn ich hatte das Gefühl, der Mann könnte – sogar vom Himmel fallen. Die Uhr schlug zum letzten Mal, und gleichzeitig hörten wir draußen einen großen Tumult – Schreien und Hinundherlaufen. Der Inspektor riss das Fenster auf. Sein Polizist kam herbeigelaufen.

‚Wir haben ihn, Sir!', keuchte er. ‚Er wollte sich durch die Büsche ans Haus anschleichen. Er hat genug Betäubungsmittel bei sich, um uns alle einzuschläfern.'

Wir liefen auf die Terrasse, wo zwei Polizisten einen brutal aussehenden Kerl in schäbiger Kleidung festhielten, der sich drehte und wendete und vergeblich versuchte zu entkommen. Ein Polizist reichte uns ein offenes Päckchen, das dem Gefangenen abgenommen worden war. Es enthielt einen Wattebausch und eine Flasche Chloroform. Mein Blut begann zu kochen, als ich das sah. Außerdem enthielt das Päckchen eine Nachricht für mich. Sie lautete: ‚Sie hätten zahlen sollen. Das Lösegeld für Ihren Sohn beträgt jetzt fünfzigtausend Pfund. Trotz Ihrer Vorsichtsmaßnahmen wurde er am Neunundzwanzigsten um zwölf Uhr entführt, wie angekündigt.'

Ich lachte vor Erleichterung laut auf, aber im selben

Augenblick hörte ich einen Motor aufheulen und jemanden laut rufen. Ich wandte den Kopf. Die Zufahrt hinunter, auf das südliche Pförtnerhaus zu, raste mit halsbrecherischer Geschwindigkeit ein flacher, langer, grauer Wagen. Es war der Fahrer, der gerufen hatte. Aber nicht das erschreckte mich fast zu Tode, sondern der Anblick von Johnnies flachsblonden Locken. Das Kind saß neben dem Mann im Wagen.

Der Inspektor fluchte laut.

‚Das Kind war doch eben noch hier!', rief er und sah uns nacheinander an. Wir waren alle da. Ich, Tredwell, Miss Collins. ‚Wann haben Sie ihn zum letzten Mal gesehen, Mr Waverly?'

Ich überlegte, versuchte mich zu erinnern. Als der Polizist uns gerufen hatte, war ich mit dem Inspektor hinausgelaufen und hatte Johnnie ganz vergessen.

Und dann hörten wir einen Ton, der uns erschrocken zusammenzucken ließ, das Läuten einer Kirchenglocke aus dem Dorf. Mit einem Ausruf zog der Inspektor seine Uhr aus der Tasche. Es war Punkt zwölf.

Wie auf Befehl liefen wir gleichzeitig in die Ratsstube. Die Standuhr zeigte zehn Minuten nach der vollen Stunde. Jemand musste sie heimlich vorgestellt haben, denn ich habe noch nie erlebt, dass sie vor- oder nachgegangen wäre. Sie zeigt die Zeit auf die Minute genau an."

Mr Waverly unterbrach sich. Poirot lächelte in sich hinein und zog eine kleine Matte wieder gerade, die der besorgte Vater verschoben hatte.

„Ein hübsches, kleines Problem", murmelte er, „kompliziert und reizvoll. Ich werde den Fall mit

Vergnügen für Sie untersuchen. Er wurde wahrhaftig *à merveille* geplant."

Mrs Waverly sah ihn vorwurfsvoll an. „Aber mein Junge!", jammerte sie.

Poirot machte ein würdevolles Gesicht und sah wieder wie die Verkörperung des Mitleids aus. „Er ist gesund und munter, Madame. Seien Sie versichert, dass diese Lumpen ihn hüten werden wie ihren Augapfel. Schließlich ist er für sie der Truthahn – nein, die Gans, die goldene Eier legt."

„Monsieur Poirot, ich bin überzeugt, dass es für uns nur eine Möglichkeit gibt – wir müssen zahlen. Ich war zuerst dagegen, doch jetzt! Die Gefühle einer Mutter ..."

„Aber wir haben Monsieur nicht weiterberichten lassen!", rief Poirot hastig.

„Ich nehme an, den Rest kennen Sie ziemlich genau aus den Zeitungen", sagte Mr Waverly. „Selbstverständlich hängte Inspektor McNeil sich sofort ans Telefon und gab die Beschreibung des Wagens und des Mannes durch. Die Fahndung wurde eingeleitet. Zuerst sah es aus, als käme alles rasch wieder in Ordnung. Ein Wagen, auf den die Beschreibung zutraf, mit einem Mann und einem kleinen Jungen darin war durch mehrere Dörfer gekommen und, wie es schien, nach London unterwegs. Als der Fahrer einmal anhielt, war jemandem aufgefallen, dass das Kind geweint und sich offensichtlich vor seinem Begleiter gefürchtet hatte. Als Inspektor McNeil mir mitteilte, der Wagen sei angehalten und der Mann festgenommen worden, wurde mir fast übel vor Erleichterung. Sie kennen die Fortsetzung der Geschichte. Der Junge war nicht Johnnie und der Mann ein leidenschaftlicher Autofahrer und sehr kinderlieb. Er hatte den Jungen, der in Edensweil – einem Dorf, ungefähr fünfzehn Meilen von hier – auf der Straße gespielt hatte, aus reiner Nettigkeit ein Stück mitgenommen. Dank der überheblichen Selbsteinschätzung der Polizei wurden alle Spuren verwischt. Hätte man nicht hartnäckig den falschen Wagen verfolgt, wäre der Junge vielleicht gefunden worden."

„Beruhigen Sie sich, Monsieur, die Polizei hat tapfere und intelligente Männer. Es war ein begreiflicher Irrtum. Und der Plan war auch sehr schlau ausgedacht. Was den Mann anbetrifft, der in Ihrem Park festgenommen wurde, so besteht, wenn ich recht unterrichtet bin, seine einzige Verteidigung bisher in hartnäckigem Leugnen. Er behauptet, er habe Nachricht und Päckchen nur auf ‚Waverly Court' abgeben sollen. Der Mann, der ihm beides gab, habe ihm auch einen Zehnshillingschein in die Hand gedrückt und einen zweiten versprochen, wenn er die Sachen pünktlich zehn Minuten vor zwölf abliefere. Er solle durch den Park zum Haus gehen und am Nebeneingang klopfen."

„Ich glaube kein Wort davon", erklärte Mrs Waverly empört. „Es sind lauter Lügen."

„*En vérité* – es ist eine dünne Geschichte", sagte Poirot nachdenklich. „Doch bisher konnte man sie noch nicht erschüttern. Soviel ich weiß, hat er auch jemand beschuldigt?"

Er sah Mr Waverly fragend an, und der Vater des entführten Kindes wurde wieder beängstigend rot.

„Der Kerl hatte die Frechheit zu behaupten, er erkenne in Tredwell den Mann wieder, der ihm das Päckchen übergab. ‚Er hat sich aber den Schnurrbart abrasiert.‘ Tredwell, der schon auf unserem Gut geboren wurde!“

Poirot lächelte leicht über die Entrüstung des Landedelmannes. „Aber Sie haben doch selbst einen Hausbewohner beschuldigt, bei der Entführung mitgeholfen zu haben.“

„Ja, aber nicht Tredwell.“

„Und Sie, Madame?“, fragte Poirot plötzlich Mrs Waverly.

„Es kann nicht Tredwell gewesen sein, der diesem Landstreicher Brief und Päckchen übergab – wenn es überhaupt jemand getan hat, was ich nicht glaube. Er sagt, er habe beides um zehn Uhr bekommen. Um zehn Uhr war Tredwell mit meinem Mann im Rauchzimmer.“

„Konnten Sie denn das Gesicht des Mannes in dem grauen Wagen sehen? Ähnelte es Tredwell in irgendeiner Beziehung?“

„Ich war zu weit entfernt, um das Gesicht zu sehen.“

„Wissen Sie, ob Tredwell einen Bruder hat?“

„Er hatte mehrere, doch sie sind alle tot. Der letzte ist im Krieg gefallen.“

„Ich kann mir vom Park von ‚Waverly Court‘ noch kein genaues Bild machen. Der Wagen, sagten Sie, fuhr zum südlichen Pförtnerhaus. Gibt es noch einen Eingang?“

„Ja, beim östlichen Pförtnerhaus, wie wir es nennen. Man sieht es von der anderen Seite des Hauses.“

„Es kommt mir sehr merkwürdig vor, dass niemand

gesehen haben will, wie der Wagen in den Park fuhr."

„Es gibt da ein altes Wegerecht und eine Zufahrt zu einer Kapelle. Es fahren ziemlich viele Wagen bei uns durch. Der Mann muss sein Auto an einer günstig gelegenen Stelle abgestellt haben und genau dann zum Haus gelaufen sein, als wegen des Landstreichers Alarm gegeben wurde und wir alle abgelenkt waren."

„Es sei denn, er war bereits im Haus", überlegte Poirot laut. „Wo könnte er sich versteckt haben?"

„Nun ja, wir haben das Haus vorher natürlich nicht gründlich untersucht. Es schien nicht nötig zu sein. Er hätte sich schon irgendwo verstecken können, aber wer hätte ihn hereinlassen sollen?"

„Davon später. Erledigen wir eines nach dem anderen, gehen wir methodisch vor. Gibt es im Haus kein besonderes Versteck? ‚Waverly Court' ist ein altes Gebäude, und da gibt es manchmal Geheimkammern, in denen sich zur Zeit der Katholikenverfolgung Priester versteckten."

„Bei Gott, ein solches Priesterversteck existiert tatsächlich! Man betritt es durch eine Geheimtür in der Täfelung der Halle."

„Ist diese Tür in der Nähe der Ratsstube?"

„Unmittelbar daneben."

„*Voilà!*"

„Aber außer meiner Frau und mir weiß niemand etwas davon."

„Tredwell?"

„Er könnte davon gehört haben."

„Miss Collins?"

„Ich habe das Versteck ihr gegenüber nie erwähnt."
Poirot dachte eine Weile nach.

„Nun, Monsieur, als Nächstes muss ich mir ‚Waverly Court' ansehen. Ist es Ihnen recht, wenn ich heute Nachmittag hinauskomme?"

„So bald wie möglich, bitte, Monsieur Poirot!", rief Mrs Waverly. „Hier, lesen Sie das noch einmal."

Sie drückte ihm die letzte Nachricht des Entführers in die Hand, die die Waverlys am Morgen erhalten hatten und die der unmittelbare Anlass für sie gewesen war, Poirot sofort aufzusuchen. Sie enthielt gut durchdachte und sehr genaue Anweisungen für die Geldübergabe und schloss mit der Drohung, dass der Junge jeden Verrat mit dem Leben bezahlen werde. Es war deutlich zu merken, dass die Liebe zum Geld mit Mrs Waverlys Mutterliebe im Streit lag, Letztere jedoch immer mehr an Boden gewann.

Poirot hielt Mrs Waverly noch einen Augenblick zurück, nachdem ihr Mann gegangen war.

„Sagen Sie mir bitte die Wahrheit, Madame. Teilen Sie das Vertrauen Ihres Gatten in Butler Tredwell?"

„Ich habe nichts gegen ihn, Monsieur Poirot, ich kann mir auch nicht vorstellen, dass er in diese Sache verwickelt ist, aber – nun ja, ich habe ihn nie gemocht. Nie!"

„Noch etwas, Madame, können Sie mir die Adresse der Kinderschwester Ihres Sohnes geben?"

„Netherall Road 149 in Hammersmith. Sie vermuten doch nicht ..."

„Ich vermute nie etwas. Ich lasse nur die kleinen grauen Zellen für mich arbeiten, und manchmal – manchmal habe ich eine kleine Idee."

Nachdem sich die Tür hinter ihr geschlossen hatte, kehrte Poirot zu mir zurück.

„Madame hat den Butler nie gemocht. Das ist interessant, nicht wahr, Hastings?“

Ich ließ mich nicht aufs Glatteis führen. Poirot hat mich schon so oft getäuscht, dass ich jetzt auf der Hut bin. Irgendwo gibt es bei ihm immer eine Überraschung.

Nachdem er sorgfältig Toilette gemacht hatte, brachen wir zur Netherall Road auf. Wir hatten Glück und trafen Miss Jessie Withers zu Hause an. Eine Frau mit einem freundlichen Gesicht, ungefähr fünfunddreißig, tüchtig und selbstsicher. Ich konnte nicht glauben, dass sie mit dem Fall etwas zu tun hatte. Sie war bitterböse über die Art und Weise ihrer Entlassung, gab jedoch zu, dass sie im Unrecht gewesen sei. Sie war mit einem Maler und Dekorateur verlobt, der zufällig in der Nachbarschaft gearbeitet hatte, und war hinausgelaufen, um ihn zu treffen. Das schien mir eine durchaus natürliche Sache zu sein. Ich konnte Poirot nicht verstehen. Alle Fragen, die er stellte, kamen mir so belanglos vor. Sie drehten sich hauptsächlich um den Tagesablauf auf ‚Waverly Court‘. Ich langweilte mich und war froh, als Poirot sich verabschiedete.

„Ein Kind zu entführen ist eine einfache Sache, *mon ami*“, stellte er fest, während er in der Hammersmith Road einem Taxi winkte. Er wies den Fahrer an, uns zur Waterloo Station zu bringen. „Dieses Kind hätte in den letzten drei Jahren an jedem Tag, den Gott werden ließ, ohne Schwierigkeiten gekidnappt werden können.“

„Ich sehe nicht, dass uns das viel weiterbringt“, erwiderte ich kühl.

„*Au contraire*, es bringt uns einen Riesenschritt weiter, wirklich, einen Riesenschritt! Wenn Sie schon eine Krawattennadel tragen müssen, mein lieber Hastings, dann stecken Sie sie bitte genau in die Mitte Ihrer Krawatte. Im Moment sitzt sie etwas zu weit rechts.“

‚Waverly Court‘ war ein schöner alter Landsitz und erst kürzlich mit Geschmack und großer Sorgfalt renoviert worden. Mr Waverly zeigte uns die Ratsstube, die Terrasse und alle anderen Örtlichkeiten, die mit dem Fall zusammenhingen. Schließlich drückte er in der Halle auf Poirots Bitte hin auf eine Feder in der Wand, ein Stück der Täfelung glitt zur Seite, und wir gelangten durch einen kurzen Korridor in das Priesterversteck.

„Es ist nichts drin, wie Sie sehen“, sagte Waverly.

Der winzige Raum war tatsächlich kahl, es gab nicht einmal eine menschliche Fußspur auf dem Boden. Ich ging zu Poirot, der sich in der Ecke aufmerksam über mehrere Abdrücke beugte.

„Wofür halten Sie das, mein Freund?“

Die vier Abdrücke waren dicht beieinander.

„Ein Hund!“, rief ich.

„Ein sehr kleiner Hund, Hastings.“

„Ein Spitz.“

„Kleiner als ein Spitz.“

„Ein Griffon?“, fragte ich zweifelnd.

„Sogar noch kleiner als ein Griffon. Eine Rasse, die dem Zuchtverband unbekannt ist.“

Ich sah ihn an. Sein Gesicht strahlte vor Erregung und Zufriedenheit.

„Ich habe Recht gehabt“, murmelte er. „Ich wusste, dass ich Recht hatte. Kommen Sie, Hastings.“

Als wir wieder in der Halle standen und die Täfelung sich hinter uns schloss, kam eine junge Dame aus einer Tür fast am Ende des Korridors. Mr Waverly stellte sie uns vor. „Miss Collins.“

Miss Collins war ungefähr dreißig, energisch und lebhaft. Sie hatte helles, ziemlich glanzloses Haar und trug einen Kneifer.

Auf Poirots Bitte begleitete sie uns in ein kleines Frühstückszimmer, wo er sie sehr eingehend über das Personal befragte. Vor allem über Tredwell. Sie gab zu, dass sie den Butler nicht mochte.

„Er tut so vornehm“, erklärte sie ihre Abneigung.

Dann wandten sie sich der Frage zu, was Mrs Waverly am Abend des Achtundzwanzigsten gegessen hatte. Miss Collins sagte, sie habe oben in ihrem Wohnzimmer die gleichen Speisen zu sich genommen, sei jedoch nicht erkrankt.

Als sie gehen wollte, stieß ich Poirot leicht an. „Der Hund“, flüsterte ich.

„Ach ja, der Hund!“ Er lächelte breit. „Hält man hier übrigens Hunde, Mademoiselle?“

„Ja, draußen im Zwinger gibt es zwei Apportierhunde.“

„Nein, ich meine einen kleinen Hund, eher einen Spielzeughund.“

„Nein, so was gibt es ganz bestimmt nicht.“

Poirot erlaubte ihr zu gehen. Während er auf den Klingelknopf drückte, sagte er: „Sie lügt, die gute

Mademoiselle Collins. Wahrscheinlich würde ich es an ihrer Stelle auch tun. Und jetzt der Butler."

Tredwell war eine würdevolle Erscheinung. Er erzählte seine Geschichte sehr selbstbewusst. Sie war im Wesentlichen dieselbe wie die von Mr Waverly. Er gab zu, dass er das Geheimnis des Priesterverstecks kannte.

Als er sich, hoheitsvoll bis zuletzt, schließlich zurückzog, begegnete ich Poirots fragendem Blick.

„Wie sehen Sie die ganze Sache, Hastings?"

„Und wie sehen Sie sie?", parierte ich.

„Wie vorsichtig Sie werden. Nie, niemals werden die grauen Zellen funktionieren, wenn man sie nicht reizt. Ah, aber ich will Sie nicht necken. Ziehen wir gemeinsam unsere Schlüsse. Welche Punkte kommen uns besonders schwierig vor?"

„Mir ist eines aufgefallen", sagte ich. „Warum hat der Mann, der das Kind entführte, den Park durch das südliche Tor verlassen, statt durch das östliche, wo niemand ihn gesehen hätte?"

„Das ist ein sehr guter Punkt, Hastings, ein ausgezeichneter sogar. Ich füge einen zweiten hinzu. Warum hat er die Waverlys vorher gewarnt? Warum hat er das Kind nicht einfach entführt und Lösegeld verlangt?"

„Weil sie hofften, das Geld zu bekommen, ohne in Aktion treten zu müssen."

„Aber es war höchst unwahrscheinlich, dass das Geld nur auf eine Drohung hin bezahlt werden würde."

„Man wollte die Aufmerksamkeit auf zwölf Uhr lenken, damit der echte Entführer während des allgemeinen Durcheinanders bei der Festnahme des Landstreichers unbemerkt sein Versteck verlassen und mit dem Kind entkommen konnte.“

„Das ändert nichts an der Tatsache, dass etwas erschwert wurde, was ganz einfach war“, wandte Poirot ein. „Hätten sie weder das genaue Datum noch die genaue Zeit angegeben, hätten sie nur ihre Chance abzuwarten brauchen. Nichts ist einfacher, als den Jungen in einem Auto zu entführen, während er sich mit der Kinderschwester im Freien aufhält.“

„Ja-a“, räumte ich zweifelnd ein.

„Tatsächlich wird hier mit Absicht eine Posse aufgeführt. Nähern wir uns der Frage von einer anderen Seite. Alles weist darauf hin, dass es im Haus einen Komplizen gegeben hat. Punkt eins: die geheimnisvolle Vergiftung von Mrs Waverly. Punkt zwei: der Brief, der auf dem Kopfkissen festgesteckt war. Punkt drei: die Uhr, die zehn Minuten vorgestellt wurde. All das kann nur ein Hausbewohner getan haben. Und dazu kommt noch eine Tatsache, die Ihnen entgangen sein dürfte. Im Priesterversteck gab es keinen Staub. Es war mit einem Besen ausgefegt worden.

Nun weiter! Wir haben vier Leute im Haus. Die Kinderschwester können wir ausschließen, denn es wäre ihr zwar möglich gewesen, Punkt eins bis drei zu erledigen, aber das Priesterversteck hätte sie nicht ausfegen können. Vier Leute also: Mr und Mrs Waverly, Butler Tredwell und Miss Collins. Nehmen wir uns zuerst Miss Collins vor. Wir können kaum etwas gegen sie vorbringen, außer dass wir nicht viel über sie wissen, sie offensichtlich eine intelligente junge Frau und erst etwas länger als ein Jahr im Haus ist."

„Sie sagten, sie hätte wegen des Hundes gelogen", erinnerte ich ihn.

„Ach ja, der Hund." Poirot lächelte merkwürdig. „Wenden wir uns jetzt Tredwell zu. Es gibt da ein paar verdächtige Tatsachen, die gegen ihn sprechen. Erstens behauptet der Landstreicher, es sei Tredwell gewesen, der ihm im Dorf das Päckchen gab."

„Aber für diesen Punkt kann Tredwell ein Alibi vorweisen."

„Trotzdem hätte er Mrs Waverly vergiften, die Nachricht auf das Kissen legen, die Uhr vorstellen und das Priesterversteck ausfegen können. Andererseits ist er hier geboren und für den Dienst bei den Waverlys erzogen worden. Es scheint absolut unwahrscheinlich, dass er bei der Entführung des Sohnes des Hauses mitspielen würde. Das passt nicht ins Bild."

„Was passt dann?"

„Wir müssen logisch vorgehen – so absurd es auch scheinen mag. Beschäftigen wir uns kurz mit Mrs Waverly. Aber sie ist reich, das Geld gehört ihr. Mit ihrem Geld wurde der Besitz renoviert. Sie hätte keinen Grund, ihren eigenen Sohn zu entführen und an sich selbst Lösegeld zu bezahlen. Ihr Mann hingegen ist in einer anderen Lage. Er hat eine reiche Frau. Das ist nicht dasselbe, als wenn man selbst vermögend ist. Ich habe so die kleine Idee, dass die Dame sich nur ungern von ihrem Geld trennt, es sei denn, aus einem sehr guten Grund. Aber Mr Waverly, das sieht man sofort, versteht zu leben."

„Unmöglich!“, rief ich.

„Aber gar nicht! Wer schickt das Personal weg? Mr Waverly. Er kann die Briefe schreiben, seine Frau vergiften, die Uhr vorstellen und seinem getreuen Gefolgsmann Tredwell ein ausgezeichnetes Alibi geben. Tredwell hat Mrs Waverly nie gemocht. Er ist seinem Herrn ergeben und bereit, seinen Befehlen bedingungslos zu gehorchen. Sie sind zu dritt in diese Sache verwickelt. Waverly, Tredwell und ein Freund von Waverly. Das ist der Fehler, den die Polizei begangen hat. Sie hat sich nicht näher nach dem Mann erkundigt, der den grauen Wagen mit dem falschen Kind darin gefahren hat. Er war der dritte Mann. Er liest in einem Dorf in der Nähe ein Kind auf, einen Jungen mit flachsblonden Locken. Er fährt durch das östliche Tor herein und genau im richtigen Augenblick winkend und rufend durch das südliche Tor wieder hinaus. Man kann weder sein Gesicht noch die Wagennummer erkennen, also natürlich auch nicht das Gesicht des Kindes. Dann legt er eine falsche Spur, die nach London führt. In der Zwischenzeit hat Tredwell seine Aufgabe erledigt, indem er dafür sorgte, dass ein Vagabund Päckchen und Nachricht abliefert. Sein Herr kann ihm ein Alibi geben, falls er, was höchst unwahrscheinlich ist, von dem Mann wieder erkannt wird, obwohl er sich einen falschen Schnurrbart angeklebt hatte. Und nun zu Mr Waverly. Sobald draußen der Tumult anfängt und der Inspektor hinausstürzt, bringt er seinen Sohn schnell ins Priesterversteck und läuft hinter McNeil her. Im Lauf des Tages, wenn der Inspektor fort und Miss Collins aus dem Weg ist, wird es für

Waverly nicht schwer sein, das Kind in seinem eigenen Wagen an einen sicheren Ort zu bringen."

„Aber was ist mit dem Hund?", fragte ich. „Und warum hat Miss Collins gelogen?"

„Das war nur ein kleiner Scherz von mir. Ich fragte sie, ob es im Haus Spielzeughunde gebe, und sie sagte Nein. Aber es gibt sie – im Kinderzimmer. Mr Waverly hat nämlich ein paar ins Priesterversteck gelegt, damit Johnnie sich die Zeit vertreiben konnte und ruhig blieb."

„Monsieur Poirot!" Mr Waverly betrat den Raum. „Haben Sie etwas entdeckt? Haben Sie einen Anhaltspunkt, wohin man den Jungen gebracht hat?"

Poirot reichte ihm einen Bogen Papier. „Hier ist die Adresse."

„Aber das ist ein leeres Blatt."

„Weil ich hoffe, dass Sie die Adresse aufschreiben."

„Was zum ..." Mr Waverlys Gesicht wurde hochrot.

„Ich weiß alles, Monsieur. Und ich gebe Ihnen vierundzwanzig Stunden Zeit, den Jungen zurückzubringen. Ihr Einfallsreichtum wird sicherlich groß genug sein, das Wiederauftauchen des Kindes zu erklären. Andernfalls wird Mrs Waverly den genauen Ablauf der Ereignisse erfahren."

Mr Waverly sank in einen Sessel und vergrub das Gesicht in den Händen. „Er ist bei meiner alten Kinderfrau, ungefähr zehn Meilen von hier. Er ist glücklich und wird gut versorgt."

„Das bezweifle ich nicht. Wenn ich nicht glaubte, dass Sie im innersten Herzen ein guter Vater sind, wäre ich nicht bereit, Ihnen noch eine Chance zu geben."

„Der Skandal ..."

„Eben! Sie tragen einen alten, ehrenvollen Namen. Riskieren Sie so was lieber nicht wieder ... Guten Abend, Mr Waverly. Ach, übrigens einen kleinen Rat: Kehren Sie auch immer in den Ecken."

Die Pralinenschachtel

Es war eine schlimme Nacht. Der Wind heulte bösartig, und Regenböen peitschten an die Fensterscheiben. Poirot und ich saßen am Kamin und streckten die Beine dem prasselnden Feuer entgegen. Zwischen uns stand ein kleiner Tisch. Auf meiner Seite dampfte ein sorgfältig zubereiteter Grog, neben Poirot eine Tasse mit dicker, gesüßter Schokolade, die ich für hundert Pfund nicht getrunken hätte. Poirot schlürfte an dem braunen Gebräu in der rosafarbenen Porzellantasse und seufzte vor Zufriedenheit.

„*Quelle belle vie!*“, murmelte er.

„Ja, die gute, alte Welt ist in Ordnung“, stimmte ich zu. „Da bin ich, habe eine Stellung – und eine gute Stellung dazu. Und da sind Sie, berühmt ...“

„Oh, *mon ami*!“, protestierte er.

„Aber Sie sind es! Und das mit gutem Recht! Wenn ich an die lange Reihe Ihrer Erfolge zurückdenke, muss ich wirklich staunen. Ich glaube, Sie wissen nicht einmal, was Misserfolg ist.“

„Wer das von sich behauptet, muss schon ein merkwürdiger Kauz sein!“

„Nein, im Ernst – haben Sie je versagt?“

„Unzählige Male, mein Freund. Was wollen Sie? *La bonne chance* – das Glück, es kann nicht immer auf Ihrer Seite sein. Ich wurde zu spät gerufen. Sehr oft erreichte ein anderer, der demselben Ziel zustrebte, dieses Ziel vor mir. Zweimal wurde ich ausgerechnet in dem Augenblick krank, in dem ich kurz vor der Lösung stand. Man muss die Tiefen wie die Höhen hinnehmen, mein Freund."

„Das habe ich eigentlich nicht gemeint", sagte ich. „Ich meinte, ob es je einen Fall gab, bei dem Sie sich durch Ihre eigene Schuld völlig geschlagen geben mussten."

„Ah, ich verstehe. Sie möchten wissen, ob ich mich einmal bis auf die Knochen blamiert habe, wie man so schön sagt? Einmal, mein Freund ..." Ein leises, nachdenkliches Lächeln huschte über sein Gesicht. „Ja, einmal habe ich mich zum Narren gemacht."

Plötzlich richtete er sich in seinem Sessel auf.

„Ich weiß, mein Freund, dass Sie über meine kleinen Erfolge Buch geführt haben. Jetzt können Sie Ihrer Sammlung eine weitere Geschichte hinzufügen – die Geschichte eines Misserfolgs."

Er beugte sich vor und legte ein Scheit auf das Feuer. Nachdem er sich mit einem kleinen Tuch, das neben dem Kamin an einem Nagel hing, sorgfältig die Hände abgewischt hatte, lehnte er sich zurück und begann mit seiner Erzählung.

„Was ich Ihnen jetzt berichte", sagte Monsieur Poirot, „trug sich vor vielen Jahren in Belgien zu. Und zwar zu jener Zeit, als sich in Frankreich Kirche und Staat heftig bekämpften. Paul Déroulard war ein prominenter französischer Abgeordneter. Es war ein offenes Geheimnis, dass ein Ministersessel auf ihn wartete. Er gehörte zu den bittersten Gegnern der katholischen Kirche, und es war sicher, dass er, sobald er an die Macht kam, stark angefeindet werden würde. Er war in mancher Beziehung ein merkwürdiger Mann. Obwohl er weder trank noch rauchte, war er in anderen Dingen nicht so zurückhaltend. Sie verstehen, Hastings, *c'était des femmes – toujours des femmes*!

Einige Jahre zuvor hatte er eine junge Dame aus Brüssel geheiratet, die eine ansehnliche Mitgift in die Ehe mitgebracht hatte. Zweifellos war ihm das Geld bei seiner Karriere sehr nützlich, da seine Familie nicht reich war, auch wenn er das Recht hatte, sich Baron zu nennen. Die Ehe blieb kinderlos, und seine Frau starb nach zwei Jahren an den Folgen eines Treppensturzes. Zu dem Besitz, den sie ihm hinterließ, gehörte auch ein Haus in der Avenue Louise in Brüssel.

Und dieses Haus war es, in dem er völlig unerwartet starb. Zufällig fiel sein Ableben mit dem Rücktritt jenes Ministers zusammen, dessen Amt er übernehmen sollte. Alle Zeitungen brachten lange Nachrufe auf ihn und seine Karriere. Man führte seinen plötzlichen Tod nach dem Abendessen auf Herzversagen zurück.

Damals war ich, wie Sie ja wissen, *mon ami*, bei der belgischen Kriminalpolizei. Paul Déroulards Tod interessierte mich nicht sonderlich. Ich bin, wie Sie ebenfalls wissen, *bon catholique*, und mir kam sein Hinscheiden wie ein rechter Glücksfall vor.

Etwa drei Tage später, ich hatte eben meinen Urlaub angetreten, suchte mich eine dicht verschleierte Dame in meiner Wohnung auf. Sie war offensichtlich noch jung und, wie ich sofort bemerkte, *jeune fille tout à fait comme il faut.*

‚Sind Sie Monsieur Poirot?', fragte sie mich mit einer leisen, bezaubernd klingenden Stimme.

Ich verbeugte mich.

‚Von der Kriminalpolizei?'

Wieder verbeugte ich mich. ‚Nehmen Sie bitte Platz, Mademoiselle.'

Sie nahm den angebotenen Stuhl und lüftete ihren Schleier. Ihr Gesicht war reizend, wenn auch von Tränen entstellt, und es sah aus, als habe sie entsetzliche Angst.

‚Monsieur', sagte sie, ‚soviel ich weiß, nehmen Sie jetzt Urlaub und haben daher Zeit, einen privaten Fall zu untersuchen. Sie verstehen, dass ich die Polizei nicht hinzuziehen möchte.'

Ich schüttelte den Kopf. ‚Ich fürchte, Sie verlangen Unmögliches von mir, Mademoiselle. Denn auch im Urlaub gehöre ich noch zur Polizei.'

Sie beugte sich vor. ‚*Ecoutez*, Monsieur! Ich bitte Sie nur darum, ein paar Ermittlungen anzustellen. Über das Ergebnis dieser Ermittlungen können Sie die Polizei ruhig informieren. Wenn das, was ich vermute, wahr ist, werden wir den gesamten Polizeiapparat sogar dringend brauchen.'

Jetzt sah die Sache schon wesentlich anders aus, und ich erklärte mich bereit, für sie zu arbeiten.

Leichte Röte stieg ihr in die Wangen. ‚Danke, Monsieur. Ich bitte Sie, Paul Déroulards Tod zu untersuchen.'

‚*Comment?*', rief ich überrascht.

‚Monsieur, ich habe nichts, worauf ich mich stützen könnte – nichts als meinen weiblichen Instinkt, aber ich bin überzeugt – wirklich überzeugt! –, dass Paul Déroulard keines natürlichen Todes gestorben ist.'

‚Aber gewiss haben die Ärzte ...'

‚Ärzte können sich irren. Er war so robust, so kräftig. Ich flehe Sie an, mir zu helfen, Monsieur Poirot!'

Das arme Kind war beinahe außer sich. Um ein Haar wäre sie vor mir auf die Knie gefallen. Ich beschwichtigte sie, so gut ich konnte.

‚Ich will Ihnen ja helfen, Mademoiselle. Zwar bin ich fast sicher, dass Ihre Befürchtungen unbegründet sind, aber wir werden sehen. Als Erstes bitte ich Sie, mir genaue Angaben über die Hausbewohner zu machen.'

‚Da ist zuerst natürlich das Personal: Jeanette, Félicie und Denise, die Köchin. Sie ist seit vielen Jahren im Haus. Die beiden andern sind einfache Mädchen vom Land. Dann gibt es noch François, aber auch er ist bei den Déroulards alt geworden. Außer den Angestellten sind da noch Pauls Mutter, die bei ihm lebte, und ich. Ich heiße Virginie Mesnard und bin eine mittellose Kusine der verstorbenen Madame Déroulard, Pauls Frau. Ich gehöre seit mehr als drei Jahren zum Haushalt, dessen Mitglieder ich Ihnen jetzt aufgezählt habe. An jenem Abend waren allerdings auch noch zwei Hausgäste da.'

‚Wer?'

‚Monsieur de Saint Alard, der in Frankreich Pauls Nachbar war. Und ein englischer Freund: John Wilson.'

‚Sind die beiden noch hier?‘

‚Wilson – ja, aber Saint Alard ist gestern abgereist.‘

‚Und wie sieht Ihr Plan aus, Mademoiselle Mesnard?‘

‚Wenn Sie etwa in einer halben Stunde zu uns kämen, hätte ich mir inzwischen eine Geschichte zurechtgelegt, um Ihre Anwesenheit zu erklären. Am besten wäre wohl, wenn ich behauptete, Sie hätten irgendetwas mit der Zeitung zu tun. Ich werde sagen, Sie kämen aus Paris und hätten ein Empfehlungsschreiben von Monsieur de Saint Alard gehabt. Madame Déroulards Gesundheit ist stark angegriffen. Sie wird kaum auf Einzelheiten achten.‘

Unter dem von Mademoiselle wirklich geschickt ausgedachten Vorwand gelangte ich also ins Haus, in dem ich mich nach einem kurzen Gespräch mit der Mutter des verstorbenen Abgeordneten, einer imposanten, aristokratischen Frau, die offensichtlich sehr krank war, frei und unbeobachtet bewegen konnte.

Ich frage mich, mein Freund“, fuhr Poirot fort, „ob Sie sich auch nur annähernd vorstellen können, wie schwierig meine Aufgabe war. Ein Mann war drei Tage zuvor plötzlich gestorben. War es bei diesem Tod nicht mit rechten Dingen zugegangen, so schien nur eine einzige Möglichkeit denkbar – Gift. Doch ich hatte keine Gelegenheit gehabt, die Leiche zu sehen, und es war mir auch nicht möglich, zu untersuchen oder zu analysieren, wie ihm das Gift gegebenenfalls verabreicht worden war. Es gab keine Spuren, an die ich mich halten konnte – weder falsche noch andere. War der Mann vergiftet worden? War er eines natürlichen Todes gestorben? Ich, Hercule Poirot, musste das entscheiden, und ich hatte nichts, was mir dabei helfen konnte.

Zuerst unterhielt ich mich mit den Hausangestellten und rekonstruierte mit ihrer Hilfe den betreffenden Abend. Besonderes Augenmerk legte ich auf das Essen und die Art, wie es serviert worden war. Die Suppe hatte Déroulard persönlich aus der Terrine ausgeschenkt. Danach hatte es Koteletts und Huhn gegeben, zum Schluss Kompott. Und alles war von Monsieur selbst ausgeteilt worden. Der Kaffee kam in einer großen Kanne. Kein einziger Hinweis, *mon ami*! Unmöglich, einen einzelnen Esser zu vergiften, man hätte unweigerlich alle getötet!

Nach dem Essen zog sich Madame Déroulard in ihre Räume zurück, Mademoiselle Virginie begleitete sie. Die drei Männer gingen in DérouIards Arbeitszimmer. Dort unterhielten sie sich eine Zeit lang angeregt, bis der Abgeordnete plötzlich zu Boden stürzte. Saint Alard lief hinaus und bat François, sofort den Arzt zu rufen. Er habe gesagt, es sei zweifellos ein Schlaganfall, erzählte mir der Diener. Aber als der Arzt kam, war dem Patienten nicht mehr zu helfen.

John Wilson, dem ich von Mademoiselle Mesnard vorgestellt wurde, war ein typischer Engländer, mittleren Alters und sehr stämmig. Sein Bericht in einem sehr britischen Französisch deckte sich im Wesentlichen mit dem des Dieners.

‚Déroulard wurde sehr rot, dann fiel er um.‘

Mehr war von ihm nicht zu erfahren. Als Nächstes suchte ich den Ort der Tragödie auf, das Arbeitszimmer, in dem man mich allein ließ, weil ich darum ersuchte. Bisher hatte ich nichts entdeckt, was Mademoiselle Mesnards Theorie erhärtet hätte. Ich konnte daher nur annehmen, dass sie sich täuschte. Offenbar war sie in Déroulard verliebt gewesen und nicht im Stande, die Ereignisse unvoreingenommen zu sehen. Trotzdem durchsuchte ich das Arbeitszimmer peinlich genau. Es war durchaus möglich, dass jemand eine Injektionsspritze in Déroulards Sessel versteckt hatte und das tödliche Gift auf diese Weise in seinen Körper gelangt war. Der winzige Einstich wäre gewiss unentdeckt geblieben. Doch ich fand nichts, was diese Theorie unterstützt hätte. Mit einer verzweifelten Geste ließ ich mich in den Sessel fallen.

‚*Enfin*, ich gebe auf', sagte ich laut. ‚Es gibt keine einzige Spur. Alles ist völlig normal.'

Noch während ich das sagte, fiel mein Blick auf einen Tisch in der Nähe, auf dem eine große Pralinenschachtel lag, und mein Herz machte einen Sprung. Möglicherweise war sie kein Hinweis auf Déroulards Tod, aber wenigstens hatte ich jetzt etwas, das mir nicht normal zu sein schien. Ich nahm den Deckel ab. Die Schachtel war voll, unberührt. Keine Praline fehlte, aber das machte meine Entdeckung noch ungewöhnlicher. Denn, sehen Sie, Hastings, obwohl die Schachtel selbst rosafarben war, war der Deckel blau. Zwar sieht man oft eine blaue Schleife auf einer rosa Schachtel oder umgekehrt, aber dass Schachtel und Deckel verschiedene Farben haben – nein, wirklich – *ça ne se voit jamais*!

Ich wusste nicht, was dieses belanglose Detail mir nützen sollte, doch ich war entschlossen, es näher zu untersuchen, weil es aus dem Rahmen fiel. Ich klingelte nach François und fragte ihn, ob Déroulard gern Süßigkeiten gegessen hätte. Ein wehmütiges Lächeln erschien auf seinem Gesicht.

‚Er aß sie sogar für sein Leben gern und hatte immer eine Schachtel Pralinen im Haus. Wissen Sie, er trank keinen Wein oder so was.'

‚Und doch ist diese Schachtel noch voll?' Ich nahm den Deckel ab und zeigte sie ihm.

‚Pardon, Monsieur, aber das war eine neue Schachtel. Sie wurde am Tag seines Todes gekauft, da die alte fast leer war.'

‚Dann hat er also an dem Tag, an dem er starb, die letzten Pralinen aus der anderen Schachtel gegessen?'

‚Ja, Monsieur, sie war leer, als ich sie am nächsten Morgen fand, und da warf ich sie weg.'

‚Hat Monsieur Déroulard zu jeder Tageszeit Süßigkeiten gegessen?'

‚Gewöhnlich nach dem Abendessen, Monsieur.'

Ich sah allmählich klarer.

‚François', sagte ich, ‚können Sie schweigen?'

‚Wenn es nötig ist, Monsieur.'

‚*Bon*. Dann will ich Ihnen anvertrauen, dass ich Kriminalbeamter bin. Glauben Sie, dass Sie die andere Pralinenpackung noch finden können?'

‚Aber gewiss, Monsieur. Sie liegt im Mülleimer.' Er verschwand und kehrte bereits ein paar Minuten später mit der staubbedeckten Schachtel zurück, einem Duplikat derjenigen, die ich in der Hand hielt. Nur war die andere Packung blau und der Deckel diesmal rosa. Ich bedankte mich bei François, erinnerte ihn noch einmal daran, dass er schweigen müsse, und verließ dann unauffällig das Haus in der Avenue Louise.

Ich suchte den Arzt auf, der zu Déroulard gerufen worden war. Er machte mir meine Aufgabe schwer, denn er verschanzte sich hinter einer Mauer gelehrter Phrasen. Ich spürte jedoch, dass er im Hinblick auf diesen Fall nicht ganz so sicher war, wie er es gern gewesen wäre.

‚So etwas kommt häufig vor', stellte er fest, nachdem es mir gelungen war, ihn ein bisschen hinter seiner Mauer hervorzulocken. ‚Ein plötzlicher Wutanfall, eine heftige Gemütsbewegung – nach einem schweren Essen, *c'est entendu* –, der Zorn treibt das Blut in den Kopf, und schon ist es passiert.'

‚Aber Déroulard hatte sich nicht aufgeregt.'

‚Nein? Ich habe gehört, dass er eine stürmische Auseinandersetzung mit Saint Alard hatte.'

‚Warum sollte er?'

‚*C'est évident.*' Der Arzt zuckte mit den Schultern. ‚Ist Saint Alard nicht Katholik, einer von der fanatischen Sorte? Ihre Freundschaft zerbrach an diesem Streit zwischen Kirche und Staat. Kein Tag verging ohne Diskussionen. In Saint Alards Augen war Déroulard beinahe so etwas wie der Antichrist.'

Das kam überraschend und gab mir viel Stoff zum Nachdenken.

‚Noch eine Frage, Doktor. Wäre es möglich, eine tödliche Dosis Gift in eine Praline zu praktizieren?'

‚Ich glaube schon', antwortete der Arzt bedächtig. ‚Reine Blausäure wäre am besten geeignet, wenn sie nicht verdunsten kann. Ein winziges Quantum eines jeden beliebigen Giftes könnte unbemerkt geschluckt werden, aber diese Theorie kommt mir höchst unwahrscheinlich vor. Eine mit Morphium oder Strychnin gefüllte Praline ...‘ Er verzog das Gesicht. ‚Sie verstehen, Monsieur Poirot, ein Bissen würde genügen. Ein ahnungsloser Mensch würde vorher ja nicht vorsichtig kosten.‘

‚Besten Dank, Monsieur.‘

Ich ging. Als Nächstes nahm ich mir die Apotheken vor, besonders die in der näheren Umgebung der Avenue Louise. Es ist eine gute Sache, zur Polizei zu gehören. Ich bekam die Information, die ich brauchte, ganz ohne Schwierigkeiten. Nur eine Apotheke hatte, wie ich erfuhr, eine giftige Substanz in das betreffende Haus geliefert, und zwar Augentropfen aus Atropinsulfat für Madame Déroulard. Atropin ist ein hochwirksames Gift, und im ersten Moment glaubte ich mich am Ziel, aber die Symptome einer Atropinvergiftung sind jenen einer Fleischvergiftung zu ähnlich und ganz anders als die, die ich zu untersuchen hatte. Außerdem bekam Madame Déroulard das Medikament schon seit vielen Jahren, da sie auf beiden Augen grauen Star hatte.

Entmutigt wandte ich mich ab, da rief mich der Apotheker zurück.

‚*Un moment, Monsieur Poirot!* Mir fällt eben etwas ein. Das Mädchen, das das Rezept brachte, erwähnte nebenbei, es müsse noch in die englische Apotheke. Versuchen Sie’s doch dort einmal.‘

Das tat ich auch. Wieder berief ich mich auf meine Zugehörigkeit zur Kriminalpolizei und bekam die Information, die ich wollte. Einen Tag vor Déroulards Tod war ein Rezept für John Wilson gebracht worden. Nicht, dass etwas Besonderes daran gewesen wäre. Es war nur eine Verordnung für kleine Trinitrintabletten. Ich fragte, ob ich ein paar sehen könne. Der Apotheker zeigte sie mir, und mein Herz begann schneller zu schlagen – denn die winzigen Tabletten waren aus Schokolade.

‚Ist das ein Gift?', fragte ich.

‚Nein, Monsieur.'

‚Können Sie mir die Wirkung beschreiben?'

‚Die Tabletten senken den Blutdruck. Man verschreibt sie bei bestimmten Herzfehlern – bei Angina pectoris zum Beispiel. Sie senken den arteriellen Bluthochdruck. Bei Arteriosklerose ...'

Ich unterbrach ihn. ‚*Ma foi!* Dieses medizinische Kauderwelsch sagt mir gar nichts. Bekommt man ein rotes Gesicht, wenn man das Mittel einnimmt?'

‚Aber gewiss.'

‚Und angenommen, ich nehme zehn – zwanzig von Ihren kleinen Tabletten auf einmal. Was dann?'

‚Ich würde Ihnen nicht raten, es zu versuchen', erwiderte er trocken.

‚Und trotzdem sagen Sie, es sei kein Gift?'

‚Es gibt viele Stoffe, die man nicht als Gift bezeichnet und die einen Menschen dennoch töten können.'

Ich verließ die Apotheke in bester Laune. Endlich waren die Dinge in Bewegung gekommen.

Ich wusste jetzt, dass John Wilson ein Mittel gehabt hatte, um den Mord zu begehen, doch wie stand es mit dem Motiv? Er war geschäftlich nach Brüssel gekommen und hatte Déroulard, den er flüchtig kannte, gebeten, ihn bei sich aufzunehmen. Déroulards Tod brachte ihm scheinbar nicht den geringsten

Nutzen. Außerdem zog ich in England Erkundigungen ein und erfuhr, dass er seit einigen Jahren an der als Angina pectoris bekannten, sehr schmerzhaften Herzerkrankung litt. Er war also durchaus berechtigt, diese Tabletten zu besitzen. Trotzdem war ich überzeugt, dass sich jemand für die Pralinenschachteln interessiert und irrtümlich die volle zuerst geöffnet hatte. Dann hatte der Unbekannte die Füllung aus der letzten Praline in der anderen Schachtel entfernt und den Schokolademantel mit so vielen kleinen Trinitrintabletten voll gestopft, wie hineinpassten. Es waren große Pralinen. Ich schätzte, dass gut und gern zwanzig bis dreißig Tabletten Platz hatten. Aber wer konnte es getan haben?

Es waren zwei Gäste im Haus gewesen. John Wilson hatte das Mittel, Saint Alard das Motiv. Vergessen Sie nicht, Hastings, er war ein Fanatiker, und die religiösen sind die schlimmsten. Könnte er sich auf irgendeine Weise John Wilsons Trinitrin angeeignet haben?

Mir kam noch eine kleine Idee. Ah, Sie lächeln über meine kleinen Ideen, Hastings. Wieso hatte Wilson kein Trinitrin mehr? Er hatte bestimmt einen ausreichenden Vorrat aus England mitgebracht. Ich suchte noch einmal das Haus in der Avenue Louise auf. Wilson war nicht da, ich sprach mit Félicie, dem Mädchen, das die Zimmer aufräumte. Ich fragte sie ohne Umschweife, ob es zutreffe, dass vor ein paar Tagen von Wilsons Waschtisch ein Fläschchen verschwunden sei. Das Mädchen antwortete lebhaft. Ja, es sei eins verschwunden. Und ihr habe man die Schuld gegeben. Der englische Monsieur habe offenbar geglaubt, sie habe es zerbrochen und wolle es nicht zugeben. Dabei hatte sie es nicht einmal angerührt. Das sei ganz bestimmt Jeanette gewesen, die immer herumschnüffelte, wo sie nichts verloren hatte.

Ich unterbrach die Wortflut und ging. Ich wusste alles, was ich wissen wollte. Jetzt brauchte ich meine Theorie nur noch zu beweisen. Das würde nicht leicht sein. Ich mochte ja überzeugt sein, dass Saint Alard das Fläschchen mit dem Trinitrin von John Wilsons Waschtisch genommen hatte, aber um auch andere zu überzeugen, musste ich Beweise vorlegen. Und ich hatte keine.

Doch das machte nichts. Ich wusste alles, das war das Wichtigste. Erinnern Sie sich an unsere Schwierigkeiten im Fall Styles, Hastings? Auch dieser Fall war für mich sonnenklar, aber ich brauchte lange, bis ich das letzte Glied fand, das meine Beweiskette gegen den Mörder vollständig machte.

Ich bat Mademoiselle Mesnard um eine Unterredung. Sie kam sofort, und ich fragte sie nach Saint Alards Adresse. Virginie sah plötzlich bekümmert aus.

‚Wozu brauchen Sie sie, Monsieur?'

‚Ich muss sie haben, Mademoiselle.'

Sie schien zu zweifeln, war beunruhigt.

‚Er kann Ihnen gar nichts sagen. Die Gedanken dieses Mannes sind nicht von dieser Welt. Er merkt kaum, was um ihn herum vorgeht.'

‚Möglich, Mademoiselle. Trotzdem war er ein alter Freund von Déroulard. Es ist durchaus möglich, dass er mir eine Menge erzählen kann – Dinge aus der

Vergangenheit, alte Zwistigkeiten, alte Liebesgeschichten.'

Virginie errötete und biss sich auf die Lippe. ,Wie Sie wünschen, aber – ich bin jetzt überzeugt, dass ich mich geirrt habe. Es war sehr freundlich von Ihnen, meiner Bitte nachzukommen, doch ich war so aufgeregt und mit den Nerven am Ende. Ich sehe jetzt, dass es kein Rätsel gibt, das gelöst werden müsste. Geben Sie auf, ich bitte Sie, Monsieur!'

Ich sah sie sehr eindringlich an.

,Mademoiselle', sagte ich, ,es ist für einen Hund manchmal sehr schwer, eine Spur aufzunehmen, doch hat er sie einmal gefunden, kann nichts auf der Welt ihn davon abbringen. Das heißt, wenn er ein guter Hund ist. Und ich, Mademoiselle, ich, Hercule Poirot, bin ein sehr guter Hund.'

Wortlos wandte sie sich ab. Ein paar Minuten später brachte sie mir einen Zettel mit der Adresse. Ich verließ das Haus. Draußen wartete François auf mich. Er sah mich besorgt an.

,Gibt es nichts Neues, Monsieur?'

,Noch nicht, mein Freund.'

,Der arme Monsieur Déroulard!' Er seufzte. ,Ich hatte dieselbe Überzeugung wie er, habe für Priester auch nichts übrig. Das würde ich im Haus natürlich nie sagen. Die Frauen sind alle religiös – was vielleicht gar nicht so schlecht ist. Madame *est très pieuse* und Mademoiselle Virginie ebenfalls.'

Mademoiselle Virginie? War sie wirklich *très pieuse*? Wenn ich an das verweinte, leidenschaftliche Gesicht dachte, mit dem sie am ersten Tag zu mir gekommen war, überfielen mich Zweifel.

Sobald ich Saint Alards Adresse hatte, vergeudete ich keine Zeit mehr. Ich reiste in die Ardennen, wo ich mich in der Nähe seines Schlosses ein paar Tage aufhielt, bevor ich mir unter einem Vorwand Zutritt verschaffte. Als Installateur, stellen Sie sich das vor, *mon ami*! Es dauerte nur eine Sekunde, die Gasleitung in seinem Schlafzimmer ein bisschen undicht zu machen. Dann ging ich wieder, angeblich um mein Werkzeug zu holen, kam jedoch zu einer Zeit zurück, in der ich, wie ich wusste, das Feld so ziemlich für mich allein haben würde. Was ich eigentlich suchte, wusste ich selbst kaum. Das Einzige, was mir etwas genützt hätte, würde ich bestimmt nicht finden. Er hätte nie riskiert, das Fläschchen aufzuheben. Als ich über dem Waschtisch ein kleines Schränkchen entdeckte, konnte ich aber trotzdem nicht widerstehen und blickte hinein. Das Schloss ließ sich leicht öffnen, die Tür schwang auf. Im Schränkchen standen lauter alte Flaschen. Meine Hand zitterte, als ich eine nach der andern herausnahm. Plötzlich schrie ich laut auf. Überlegen Sie einmal, mein Freund, wie mir zu Mute war: Ich hielt ein Fläschchen mit dem Etikett einer englischen Apotheke in der Hand. Auf dem Etikett stand: ‚Trinitrintabletten. Eine Tablette nach Bedarf. Für Mr John Wilson.‘

Ich unterdrückte meine Erregung, schloss das Schränkchen, steckte die Flasche in die Tasche und reparierte die undichte Stelle in der Gasleitung. Dann verließ ich das Schloss und fuhr mit dem nächsten Zug nach Hause. Spätnachts traf ich in Brüssel ein. Am nächsten Morgen war ich gerade dabei, den Bericht für den Polizeipräsidenten zu schreiben, als man mir eine Nachricht brachte. Sie stammte von der alten Madame Déroulard und enthielt die Aufforderung, sofort in das Haus in der Avenue Louise zu kommen.

François öffnete mir.

‚Die Baronin erwartet Sie.'

Er führte mich in ihre Räume. Sie saß in einem großen Lehnsessel und machte auf mich einen sehr erregten Eindruck. Mademoiselle Virginie war nicht zu sehen.

‚Monsieur Poirot', sagte die alte Dame, ‚ich habe eben erfahren, dass Sie nicht sind, was Sie vorgeben. Sie sind Polizeibeamter.'

‚Das ist zutreffend, Madame.'

‚Sie sind hergekommen, um die Umstände näher zu untersuchen, unter denen mein Sohn gestorben ist?'

‚Auch das ist zutreffend.'

‚Ich wäre froh, wenn Sie mir sagen würden, welche Fortschritte Sie gemacht haben.'

Ich zögerte.

‚Zuerst möchte ich wissen, wie Sie das alles erfahren haben, Madame.'

‚Von jemand, der nicht mehr von dieser Welt ist.'

Bei ihren Worten und dem unheilvollen Tonfall, in dem sie sie gesagt hatte, breitete sich eisige Kälte in mir aus. Ich war nicht im Stande zu antworten.

‚Ich bitte Sie daher dringend, mir genau zu berichten, was Sie entdeckt haben', fuhr sie fort.

‚Meine Untersuchung ist beendet, Madame.'

‚Mein Sohn?'

‚Wurde vorsätzlich getötet.'

‚Sie wissen von wem?'
‚Ja, Madame.'
‚Und wer war es?'
‚Monsieur de Saint Alard.'
Die alte Dame schüttelte den Kopf.
‚Sie irren sich. Monsieur de Saint Alard wäre eines solchen Verbrechens nie fähig.'
‚Ich habe den Beweis ...'
‚Noch einmal bitte ich Sie, mir alles zu sagen.'
Diesmal kam ich ihrem Wunsch nach und schilderte ihr jeden einzelnen Schritt, der mich zur Wahrheit geführt hatte. Sie hörte aufmerksam zu. Schließlich nickte sie.
‚Ja, ja, es war alles so, wie Sie sagen, bis auf einen entscheidenden Punkt. Es war nicht Monsieur de Saint Alard, der meinen Sohn tötete. Ich war es selbst, seine Mutter.'
Ich starrte sie an. Sie nickte immer noch langsam vor sich hin.
‚Es ist gut, dass ich Sie rufen ließ. Die Güte Gottes muss Virginie bewogen haben, mir vor ihrer Abreise ins Kloster zu beichten, was sie getan hatte. Hören Sie, Monsieur Poirot! Mein Sohn war ein schlechter Mensch. Er verfolgte die Kirche. Er lebte in Todsünde. Er zerrte außer seiner eigenen Seele auch noch andere Seelen in den Schmutz. Aber da war noch etwas Schlimmeres. Als ich eines Morgens aus meinem Zimmer trat, stand meine Schwiegertochter auf der obersten Treppenstufe. Sie las einen Brief. Mein Sohn schlich sich hinter sie. Ein rascher Stoß, sie stürzte und schlug mit dem Kopf auf den marmornen Stufen auf. Als man sie hochhob, war sie tot.

Mein Sohn war ein Mörder, und nur ich, seine Mutter, wusste es.‘

Sie schloss einen Herzschlag lang die Augen. ‚Sie können sich meinen Kummer und meine Verzweiflung nicht vorstellen, Monsieur. Was sollte ich tun? Ihn bei der Polizei denunzieren? Ich brachte es nicht fertig. Es war meine Pflicht, aber mein Fleisch war schwach. Mein Augenlicht wurde seit einiger Zeit immer schwächer, man würde sagen, ich hätte mich geirrt. Ich schwieg. Doch mein Gewissen ließ mir keine Ruhe. Indem ich schwieg, wurde auch ich zur Mörderin. Mein Sohn erbte das Geld seiner Frau. Es ging ihm gut, er hatte Erfolg. Und jetzt sollte er einen Ministerposten bekommen. Dann hätte er die Kirche zweifellos noch heftiger verfolgt. Und dann Virginie ... Dieses arme Kind, schön, von Natur aus liebevoll und fromm, war von ihm fasziniert. Er hatte eine merkwürdige, eine schreckliche Macht über Frauen. Ich sah es kommen und war hilflos, konnte es nicht verhindern. Er hatte nicht die Absicht, sie zu heiraten. Und eines Tages war es so weit – sie war bereit, ihm alles zu geben.

Da sah ich meinen Weg klar vor mir. Er war mein Sohn. Ich hatte ihm das Leben geschenkt. Ich war für ihn verantwortlich. Er hatte den Körper einer Frau getötet, jetzt wollte er die Seele einer anderen morden. Ich ging in Wilsons Zimmer und holte das Fläschchen mit den Tabletten. Er hatte einmal lachend gesagt, es seien genug darin, um jemanden umzubringen. Im Arbeitszimmer nahm ich die große Pralinenschachtel, die immer auf dem Tisch lag. Irrtümlich öffnete ich zuerst eine neue Packung. Die andere war auch auf dem Tisch. Sie enthielt nur noch eine einzige Praline. Das vereinfachte die Dinge. Außer meinem Sohn und Virginie aß niemand Schokolade. Und Virginie wollte ich an diesem Abend bei mir behalten. Alles spielte sich so ab, wie ich es geplant hatte ...'

Sie unterbrach sich, schloss wie schon einmal kurz die Augen und öffnete sie dann wieder.

‚Monsieur Poirot, Sie haben mich in der Hand. Man sagt mir, ich hätte nicht mehr lange zu leben. Ich bin bereit, mich vor Gott für meine Tat zu verantworten. Muss ich es auf Erden auch tun?'

Ich zögerte. ‚Aber die leere Flasche, Madame', sagte ich, um Zeit zu gewinnen. ‚Wie ist sie in Monsieur de Saint Alards Besitz gelangt?'

‚Als er sich von mir verabschiedete, habe ich sie ihm in die Tasche gesteckt. Ich wusste nicht, wie ich sie loswerden sollte. Ich bin so schwach, dass ich ohne Hilfe nicht viel umhergehen kann. Und wenn man die leere Flasche in meinen Räumen gefunden hätte, wäre das vielleicht verdächtig gewesen. Monsieur', sie richtete sich auf, ‚ich wollte keinesfalls den Verdacht auf Saint Alard lenken. Das wäre mir nicht einmal im Traum eingefallen. Ich dachte, sein Diener würde die leere Flasche finden und wegwerfen, ohne zu fragen.'

Ich neigte den Kopf. ‚Ich verstehe, Madame.'

‚Und Ihre Entscheidung, Monsieur Poirot?'

Ihre Stimme klang fest, verriet nicht die geringste Unsicherheit. Sie hielt den Kopf so hoch wie immer.

Ich stand auf.

‚Madame', sagte ich, ‚ich habe die Ehre, Ihnen einen guten Tag zu wünschen. Ich habe Ermittlungen angestellt – leider ohne Erfolg. Der Fall ist abgeschlossen.'"

Poirot schwieg einen Augenblick und fügte dann ruhig hinzu: „Sie starb eine Woche später. Mademoiselle Mesnard brachte ihre Novizenzeit hinter sich und nahm den Schleier. Das, mein Freund, ist die Geschichte. Ich muss zugeben, dass ich darin keine sehr gute Figur mache."

„Aber das kann man wohl kaum einen Misserfolg nennen", warf ich ein. „Was hätten Sie unter den gegebenen Umständen tun sollen?"

„*Ah, sacré, mon ami!*", rief Poirot plötzlich lebhaft. „Ist es denn möglich, dass Sie es nicht begreifen? Ich war ein sechsunddreißigfacher Idiot! Meine grauen Zellen funktionierten überhaupt nicht. Dabei hatte ich die ganze Zeit den entscheidenden Hinweis vor Augen."

„Welchen Hinweis?"

„Die Pralinenschachtel! Verstehen Sie denn nicht? Würde jemand, der gut sieht, einen solchen Fehler machen? Ich wusste, dass Madame Déroulard am grauen Star litt, das hatten mir die Atropintropfen verraten. Es gab im ganzen Haus nur einen Men-schen, der nicht sehen konnte, welcher Deckel auf welche Schachtel gehörte! Es war die Pralinen-schachtel, die mich auf die richtige Spur brachte, aber am Ende übersah ich ihre wirkliche Bedeutung.

Auch meine Psychologie ließ mich im Stich. Wäre Saint Alard der Täter gewesen, hätte er das belastende Fläschchen nie behalten. Dass ich es bei ihm fand, war ein Beweis für seine Schuldlosigkeit. Ich hatte schon von Mademoiselle Mesnard erfahren, wie zerstreut er war. Im Großen und Ganzen war es eine unglückselige Geschichte, die ich Ihnen da erzählt habe. Und ich habe sie nur *Ihnen* erzählt. Sie verstehen, ich spiele eine eher klägliche Rolle darin. Eine alte Dame begeht ein Verbrechen, und das auf eine so einfache und raffinierte Weise, dass ich, Hercule Poirot, mich täuschen lasse. *Sapristi!* Nicht einmal daran denken mag ich! Vergessen Sie sie. Oder nein – behalten Sie sie im Gedächtnis, und wenn Sie je der Meinung sein sollten, ich würde eitel – was zwar nicht wahrscheinlich ist, aber immerhin sein könnte –, dann ..."

Ich unterdrückte ein Lächeln.

„*Eh bien*, mein Freund, dann sagen Sie einfach ‚Pralinenschachtel'. Abgemacht?"

„Abgemacht."

„Trotzdem", sagte Poirot nachdenklich, „es war eine Erfahrung. Ich, der ich im Augenblick zweifellos das klügste Gehirn von ganz Europa habe, kann es mir leisten, großmütig zu sein."

„Pralinenschachtel", sagte ich leise.

„*Pardon, mon ami?*"

Ich sah Poirot an, der sich mit unschuldigem Gesicht fragend vorbeugte, und mein Herz schmolz. Ich hatte seinetwegen schon viel gelitten, aber auch ich konnte, obwohl ich nicht das klügste Gehirn von ganz Europa besaß, großmütig sein.

„Nichts", log ich und zündete mir, in mich hineinlächelnd, noch eine Pfeife an. „Es ist nichts."

Die verlorene Mine

Mit einem Seufzer legte ich die Bankauszüge hin. „Eine komische Sache“, sagte ich, „das Defizit auf meinem Konto scheint nie kleiner zu werden.“

„Und das beunruhigt Sie nicht?“, fragte Poirot. „Also wenn ich Schulden hätte, könnte ich kein Auge zutun.“

„Ihr Kontostand ist sicherlich höchst erfreulich“, entgegnete ich.

„Vierhundertvierundvierzig Pfund, vier Shilling, vier Pence“, erklärte Poirot mit großem Behagen. „Eine schöne Zahl, nicht wahr?“

„Das muss die Feinfühligkeit des Bankdirektors sein. Offenbar kennt er Ihre Leidenschaft für Symmetrie. Wie wär’s, wenn Sie – sagen wir mal – dreihundert davon in den Ölfeldern von Alaska am Porcupine investieren? In den Anzeigen, die heute in der Zeitung stehen, behaupten sie, dass sie nächstes Jahr hundert Prozent Zinsen zahlen.“

„Nicht mit mir“, sagte Poirot und schüttelte den Kopf. „So etwas Ausgefallenes mag ich nicht. Ich bin mehr für sichere, vorsichtige Investitionen – *les rentes*, Staatsanleihen, für – wie heißt es noch – für Konvertierung.“

„Haben Sie nie spekuliert?“

„Nein, *mon ami*“, antwortete Poirot ernst. „Das habe ich nicht. Und das Einzige, was ich besitze und was keine goldenen Ränder hat, wie Sie es nennen, sind vierzehntausend Anteile an der Birma Minengesellschaft mbH."

Poirot schwieg mit einem Gesicht, als erwarte er, dass ich ihn ermunterte, mehr zu erzählen.

„Und?", fragte ich deshalb.

„Und für die zahlte ich nicht in bar – nein, sie waren der Lohn für die Arbeit meiner kleinen grauen Zellen. Möchten Sie die Geschichte gern hören? Ja?"

„Natürlich."

„Die Minen liegen im Innern von Birma, ungefähr zweihundert Meilen von Rangun. Im fünfzehnten Jahrhundert wurden sie von den Chinesen entdeckt und bis zur mohammedanischen Rebellion ausgebeutet und dann im Jahr 1868 aufgegeben. Die Chinesen förderten das reiche Bleisilbererz aus dem oberen Teil der Ader, schmolzen das Silber heraus und ließen riesige Mengen bleihaltiger Schlacke übrig. Natürlich wurde das bald von Prospektoren entdeckt, aber da die alten Stollen voll Wasser und Füllmaterial waren, schlugen alle Versuche, zum Grund der Ader vorzustoßen, fehl. Viele Gesellschaften schickten ihre Leute hin. Ein riesiges Gebiet wurde durchwühlt, aber den großen Preis gewann keiner. Doch dann fand der Vertreter einer dieser Firmen die Spur einer chinesischen Familie, die angeblich noch Aufzeichnungen über die Lage der Mine besaß. Das Familienoberhaupt war ein gewisser Wu Ling."

„Was für eine romantische Geschichte in den nüchternen Annalen der Wirtschaft!", warf ich ein.

„Nicht wahr? Ach, *mon ami*, es gibt Romanzen auch ohne goldblonde Damen von einzigartiger Schönheit – nein, ich irre mich. In Ihrem Fall sind sie dunkelbraun. Erinnern Sie sich ...“

„Bitte, erzählen Sie doch weiter“, sagte ich hastig.

„*Eh bien, mon ami*, man nahm mit Wu Ling Kontakt auf. Er war ein angesehener Kaufmann in der Provinz, in der er lebte. Er bestätigte sofort, dass er die fraglichen Dokumente besitze, und war durchaus zu einem Verkaufsgespräch bereit, aber er wollte nur mit den Leuten verhandeln, die etwas zu sagen hatten. Mit niemandem sonst. Schließlich wurde vereinbart, dass er nach England kommen solle, um die leitenden Direktoren einer großen Gesellschaft zu treffen.

Wu Ling reiste mit der *Assunta*, die an einem kalten, nebligen Novembermorgen in Southampton anlegte. Einer der Direktoren, Mr Pearson, fuhr nach Southampton, um ihn abzuholen, aber wegen des Nebels hatte der Zug sehr viel Verspätung, und als er schließlich zum Hafen kam, hatte Wu Ling das Schiff schon verlassen und war mit dem Bootszug nach London unterwegs. Mr Pearson ärgerte sich ziemlich, denn er wusste nicht, wo der Chinese übernachten wollte. Später am Tag wurde jedoch im Büro der Gesellschaft angerufen. Wu Ling wohnte im ‚Russell Square Hotel‘. Er war von der Reise etwas ermüdet, sagte aber, dass er durchaus in der Lage sei, am nächsten Tag an der Verwaltungsratssitzung teilzunehmen.

Die Sitzung fand um elf Uhr statt. Als es nach halb zwölf und Wu Ling noch immer nicht da war, rief der

Sekretär im Hotel an. Er erhielt die Auskunft, dass der Chinese gegen halb zehn Uhr mit einem Freund weggegangen sei. Es schien klar zu sein, dass er das Hotel mit der Absicht verlassen hatte, zur Sitzung zu kommen, doch der Vormittag verstrich, und er tauchte nicht auf.

Es konnte natürlich sein, dass er sich verlaufen hatte, da er London nicht kannte, nur – auch am späten Abend war er noch nicht wieder im Hotel. Nun war Mr Pearson höchst beunruhigt und übergab den Fall der Polizei. Am nächsten Tag fand man von dem Vermissten immer noch keine Spur. Erst gegen Abend des zweiten Tages fischte man eine Leiche aus der Themse, die, wie sich herausstellte, der unglückliche Chinese war. Weder beim Toten noch in seinem Gepäck im Hotel fand man die Dokumente über die Mine.

An diesem Punkt, *mon ami*, wurde ich zu Rate gezogen. Mr Pearson besuchte mich. Obwohl er über Wu Lings Tod tief erschüttert war, galt seine Hauptsorge doch der Wiederauffindung der Papiere, der Grund, warum der Chinese nach England gekommen war. Das Hauptanliegen der Polizei war natürlich, den Mörder zu finden – die Papiere waren für sie erst in zweiter Linie wichtig. Was er von mir wollte, war, mit der Polizei zusammenzuarbeiten und gleichzeitig die Interessen der Gesellschaft zu vertreten.

Ich willigte sofort ein. Mir war klar, dass ich auf zwei Gebieten operieren musste. Einerseits konnte ich mich unter den Angestellten der Firma umhören, die von dem Besuch des Chinesen gewusst hatten, andererseits unter den Mitreisenden auf dem Schiff, die vielleicht von seinem Vorhaben gewusst hatten. Ich fing beim zweiten Teil an, weil das Suchgebiet begrenzter war. Dabei kam ich mit Inspektor Miller in Berührung, der den Fall bearbeitete – ein Mann, der völlig anders war als unser Freund Japp, eingebildet, unhöflich und ziemlich unerträglich. Gemeinsam befragten wir die Schiffsoffiziere. Sie hatten wenig zu erzählen. Wu Ling war auf der ganzen Reise ziemlich für sich geblieben und hatte sich nur mit zwei Passagieren angefreundet – der eine war ein Europäer, eine verkrachte Existenz namens Dyer, der anscheinend einen ziemlich schlechten Ruf hatte, der andere ein junger Bankangestellter namens Charles Lester, der aus Hongkong zurückkehrte. Wir hatten Glück und ergatterten von den beiden ein Foto. Damals schien es wenig Zweifel daran zu geben, dass, falls einer von den beiden in die Geschichte verwickelt war, es Dyer sein musste. Es war bekannt, dass er einmal etwas mit einer chinesischen Verbrecherbande zu tun gehabt hatte, und alles in allem gesehen fanden wir ihn besonders verdächtig.

Unser nächster Schritt war der Besuch des Hotels ‚Russell Square'. Wir zeigten dem Portier einen Schnappschuss von Wu Ling, und er erkannte ihn sofort. Dann zeigten wir ihm Dyers Foto, doch zu unserer Enttäuschung erklärte der Mann entschieden, dass er nicht der Besucher sei, der an jenem Morgen ins Hotel gekommen war. Mehr aus einer Laune heraus holte ich das Bild von Lester hervor. Zu meinem Erstaunen erkannte der Portier ihn sofort.

‚Ja, Sir', versicherte er, ‚das ist der Gentleman, der

um halb zehn hereinkam und nach Mr Wu Ling fragte. Sie gingen dann zusammen weg.‘

Die Sache entwickelte sich. Als Nächstes interviewten wir Mr Charles Lester. Er begegnete uns mit großer Offenheit, war über das vorzeitige Ende des Chinesen bestürzt und erklärte, wir könnten in jeder Beziehung über ihn verfügen. Seine Geschichte war folgende:

Er hatte mit Wu Ling verabredet, ihn um halb elf im Hotel abzuholen. Doch Wu Ling erschien nicht. Stattdessen kam sein Diener und erklärte, sein Herr habe eine dringende Verabredung gehabt und sei ausgegangen. Er erbot sich, den jungen Mann zu ihm zu bringen. Lester war einverstanden, ohne Verdacht zu schöpfen, und der Chinese besorgte ein Taxi. Sie fuhren in Richtung Hafen los. Plötzlich wurde Lester misstrauisch, ließ den Wagen halten und stieg aus, ohne auf die Proteste des Dieners zu hören. Das sei alles, was er sagen könne, versicherte er. Wir bedankten uns und gingen. Bald stellte sich allerdings heraus, dass sein Bericht etwas ungenau war. Als Erstes hatte Wu Ling keinen Diener gehabt, weder auf dem Schiff noch im Hotel. Zweitens meldete sich der Taxifahrer, der an jenem Morgen die beiden Männer gefahren hatte. Lester war weit davon entfernt gewesen auszusteigen. Im Gegenteil – der Chinese und er ließen sich zu einem bestimmten zwielichtigen Ort in Limehouse fahren, im finstersten Chinesenviertel. Das fragliche Haus war mehr oder weniger bekannt als eine besonders schäbige Opiumhöhle. Die beiden Gentlemen waren hineingegangen. Etwa eine Stunde später tauchte der Engländer, den der Taxifahrer nach dem Foto identifiziert hatte, wieder auf – allein. Er sah sehr blass und krank aus und befahl dem Taxifahrer, ihn zur nächsten U-Bahn-Station zu bringen.

Es wurden Nachforschungen über Charles Lester angestellt, und man entdeckte, dass er zwar einen guten Leumund hatte, doch hoch verschuldet war wegen seiner Spielleidenschaft. Natürlich hatten wir Dyer nicht aus den Augen verloren. Es bestand die schwache Möglichkeit, dass er den anderen Mann gespielt hatte, doch diese Vermutung stellte sich als falsch heraus. Sein Alibi für den ganzen fraglichen Tag war hieb- und stichfest. Der Besitzer der Opiumhöhle bestritt alles mit der sprichwörtlichen orientalischen Gelassenheit. Er habe Wu Ling nie gesehen. Er habe Charles Lester nie gesehen. Es seien keine zwei Gentlemen an jenem Morgen in sein Haus gekommen. Und außerdem irre sich die Polizei gewaltig: Bei ihm werde kein Opium geraucht.

Seine Aussage, so gut sie vielleicht gemeint war, nützte Charles Lester wenig. Er wurde verhaftet unter dem Verdacht, Wu Ling ermordet zu haben. Seine Wohnung wurde durchsucht, die Minenpapiere fand man nicht. Auch der Besitzer der Opiumhöhle wurde in Untersuchungshaft genommen, doch eine Razzia seines Hauses blieb erfolglos. Der Eifer der Polizei wurde nicht einmal mit einer einzigen Stange Opium belohnt.

Mein Freund, Mr Pearson, war sehr aufgebracht. Er lief mit langen Schritten in meinem Wohnzimmer hin und her und hielt große Klagereden.

‚Aber Sie müssen doch irgendwelche Ideen haben, Monsieur Poirot!', sagte er immer wieder. ‚Bestimmt haben Sie irgendwelche Ideen?'

‚Natürlich habe ich welche', erwiderte ich vorsichtig. ‚Das ist ja das Problem – man hat zu viele. Und deshalb gehen sie in die unterschiedlichsten Richtungen.'

‚Zum Beispiel?', fragte er.

‚Zum Beispiel – der Taxifahrer. Wir haben nur sein Wort, dass er die beiden Männer zu jenem Haus brachte. Das ist schon mal *eine* Idee. Dann weiter – war es tatsächlich jenes Haus? Angenommen, sie stiegen dort aus, betraten es durch den Vordereingang, verließen es durch einen anderen und gingen ganz woandershin?'

Mr Pearson war verblüfft. ‚Und Sie sitzen nur da und überlegen!', rief er. ‚Können wir denn nichts tun?'

Er hatte ein sehr ungeduldiges Temperament, *mon ami*, verstehen Sie?

‚Monsieur', sagte ich würdevoll, ‚Hercule Poirot läuft nicht die übel riechenden Straßen von Limehouse rauf und runter wie ein kleiner Hund ohne Stammbaum. Beruhigen Sie sich. Meine Leute arbeiten an dem Fall.'

Am nächsten Tag hatte ich Neuigkeiten für ihn. Die beiden Männer hatten das Haus tatsächlich wieder verlassen. Ihr wahres Ziel war ein Restaurant an der Themse gewesen. Sie wurden beobachtet, als sie hineingingen. Lester kam allein wieder heraus.

Und dann hatte dieser Mr Pearson einen höchst unvernünftigen Einfall! Stellen Sie sich mal vor,

Hastings, er wollte persönlich zu diesem Restaurant gehen und Nachforschungen anstellen. Ich versuchte, ihn davon abzubringen, ich flehte ihn an, doch er wollte nicht hören. Er redete davon, sich zu verkleiden – er schlug sogar vor, dass ich – mir fehlen beinahe die Worte –, dass ich mir meinen Schnurrbart abnehmen sollte. Ja, *rien que ça*! Ich machte ihm klar, wie lächerlich und verrückt das alles sei. Man zerstöre auch nicht mutwillig etwas Schönes! Außerdem – konnte nicht auch ein belgischer Gentleman mit einem Schnurrbart einmal etwas erleben und eine Pfeife Opium rauchen wollen, genauso wie jemand ohne Schnurrbart? *Eh bien*, in diesem Punkt gab er nach, doch er beharrte dickköpfig auf seinem Projekt. Am Abend kam er wieder – *Mon Dieu*, was für eine Erscheinung! Er trug eine Matrosenjacke, sein Kinn war dreckig und unrasiert. Und sein Schal roch, dass es eine Beleidigung für die Nase war. Doch stellen Sie sich vor, es machte ihm ungeheuren Spaß. Wirklich, die Engländer sind verrückte Leute. Auch in meinem Aussehen veränderte er ein paar Dinge. Ich ließ es zu. Kann man sich mit einem Verrückten streiten? Dann zogen wir los – schließlich konnte ich ihn nicht allein lassen, ein Kind, das sich verkleidet hatte und ein bisschen Theater spielen wollte.“

„Natürlich, das war unmöglich“, warf ich ein.

„Also weiter. Wir fuhren hin. Mr Pearson sprach ein höchst seltsames Englisch. Er tat, als sei er ein Matrose, und verwendete einen Haufen Ausdrücke, die ich kaum begriff. Wir standen in einem niedrigen, kleinen Raum mit vielen Chinesen. Und was für komisches Zeug wir aßen! Ah, *Dieu, mon estomac*!" Poirot klopfte sich zärtlich auf den entsprechenden Teil seiner Anatomie, ehe er weitersprach. „Dann tauchte der Besitzer auf, ein Chinese mit einem Gesicht, das ein einziges böses Lächeln war. ‚Sie sind die Gentlemen, denen das Essen hier nicht gefällt', sagte er. ‚Wollen Sie lieber eine Pfeife rauchen?' Mr Pearson trat mir unter dem Tisch sehr gekonnt gegen das Schienbein – er hatte nämlich auch noch Seemannsstiefel an – und sagte: ‚Ich hätte nichts dagegen, John. Bring uns hin.'

Der Chinese lächelte und führte uns durch eine Tür und dann in einen Keller und durch eine Falltür, dann ein paar Stufen hinunter und wieder hinauf, und schließlich in einen Raum voller Sofas und weicher Kissen. Dann brachte man uns Opiumpfeifen und präparierte Opiumkügelchen, und wir taten, als rauchten wir und würden einschlafen und herrliche Träume träumen. Aber als wir allein waren, rief mich Mr Pearson leise, und wir schlichen uns hinaus. Wir kamen in ein anderes Zimmer, wo andere Leute schliefen, und so weiter, bis wir zwei Männerstimmen hörten. Wir versteckten uns hinter einem Vorhang und lauschten. Sie unterhielten sich über Wu Ling.

‚Wo sind die Dokumente?', fragte der eine.

‚Mr Lester hat sie', antwortete der andere, es war der Besitzer. ‚Er sagt, er hat sie an einen sicheren Ort gebracht – wo die Polizei nicht sucht.'

‚Aber man hat ihn eingesperrt', sagte der erste.

‚Er kommt wieder frei. Die Polizei ist nicht sicher, ob er es war.'

Sie unterhielten sich noch eine Weile darüber, dann hatten wir den Eindruck, die beiden Männer würden auf unseren Vorhang zukommen, und wir liefen in unser Zimmer zurück.

‚Wir sollten so schnell wie möglich verschwinden', sagte Mr Pearson, nachdem ein paar Minuten verstrichen waren. ‚Dieser Ort ist höchst ungesund.'

‚Ganz meine Meinung, Monsieur', stimmte ich zu. ‚Wir haben lange genug Komödie gespielt.'

Es gelang uns zu verschwinden, nachdem wir ganz schön für unser Pfeifchen bezahlt hatten. Als wir erst einmal Limehouse hinter uns gelassen hatten, atmete Pearson erleichtert auf.

‚Ich bin froh, dass wir mit einem blauen Auge davongekommen sind', sagte er. ‚Aber jetzt wissen wir Bescheid.'

‚Ja, das stimmt', meinte ich. ‚Und ich glaube, wir werden keine Schwierigkeiten haben, das zu finden, was wir suchen – dank der Maskerade von heute Abend.'

Und es gab auch keine Schwierigkeiten, gar keine", schloss Poirot etwas abrupt.

Dieses plötzliche Ende erschien mir so außergewöhnlich, dass ich ihn ganz entgeistert anstarrte.

„Aber – aber wo steckten die Papiere denn?", fragte ich.

„In seiner Tasche – *tout simplement*."

„In wessen Tasche?"

„In Mr Pearsons, *parbleu*!" Dann, als er meine bestürzte Miene sah, fuhr er etwas freundlicher fort: „Sie begreifen die Zusammenhänge immer noch nicht? Mr Pearson hatte Schulden, genau wie

Charles Lester. Mr Pearson spielte leidenschaftlich gern, genau wie Charles Lester. Und da verfiel er auf die Idee, dem Chinesen die Dokumente zu stehlen. Er traf ihn in Southampton, wie geplant, begleitete ihn nach London und führte ihn direkt nach Limehouse. Es war an jenem Tag neblig. Dem Chinesen fiel nicht auf, wohin man ihn brachte. Ich nehme an, Mr Pearson rauchte dort häufiger und kannte dadurch einige seltsame Leute. Ich glaube nicht, dass er an Mord dachte. Vielmehr sollte jemand anders die Rolle des Chinesen übernehmen und statt Wu Ling das Geld für die Dokumente entgegennehmen. So weit, so gut. Aber aus orientalischer Sicht war es unendlich viel einfacher, Wu Ling zu töten und seine Leiche in die Themse zu werfen, und Pearsons chinesische Komplizen gingen nach ihren eigenen Methoden vor, ohne ihn um Rat zu fragen. Stellen Sie sich nun vor, was für eine Todesangst Mr Pearson bekam! Vielleicht hatte ihn jemand mit Wu Ling zusammen im Zug beobachtet – Mord ist entschieden etwas anderes als eine kleine Entführung.

Seine Rettung schien der Chinese, der Wu Lings Rolle im ‚Russell Square Hotel' spielte. Wenn nur die Leiche nicht zu früh gefunden wurde! Vermutlich hatte ihm Wu Ling von seiner Verabredung mit Charles Lester erzählt. Er sollte ihn im Hotel abholen.

Hier sieht Pearson eine ausgezeichnete Möglichkeit, den Verdacht von sich abzulenken. Charles Lester wird der Letzte sein, der in Gesellschaft von Wu Ling gesehen wurde. Ein Chinese wird losgeschickt, der sich Lester gegenüber als Wu Lings Diener ausgeben soll. Er bringt ihn auf dem schnellsten Weg nach Limehouse.

Höchstwahrscheinlich bot man ihm dort etwas zu trinken an. Passenderweise war ein Betäubungsmittel darin, und als Lester eine Stunde später wieder zu sich kam, hatte er nur eine sehr verschwommene Vorstellung von dem, was passiert war. Und zwar so verschwommen, dass er, sobald er von Wu Lings Tod erfuhr, allen Mut verlor und leugnete, je bis Limehouse gekommen zu sein.

Womit er natürlich Pearson genau in die Hände spielte. Aber war Pearson jetzt zufrieden? Nein – meine Nachforschungen beunruhigten ihn, und er beschloss, die Verdachtsmomente gegen Lester noch zu erhärten. Deshalb führte er diese schöne Maskerade auf. Ich – ich sollte so richtig schön reingelegt werden. Sagte ich nicht vorhin, dass er sich wie ein Kind benahm, das sich verkleidet hatte? *Eh bien*, ich spielte die mir zugedachte Rolle. Triumphierend fuhr er nach Hause. Aber am nächsten Morgen stand Inspektor Miller auf seiner Schwelle. Die Dokumente wurden bei ihm gefunden. Das Spiel war aus. Und er bereute bitterlich, dass er Hercule Poirot hatte an der Nase herumführen wollen! Bei der ganzen Geschichte war eigentlich nur eines wirklich schwierig."

„Und was war das?", fragte ich neugierig.

„Inspektor Miller zu überzeugen! Was für ein Vieh, dieser Mann! Dickköpfig und dumm. Und zum Schluss hat er sich das Ganze auch noch als Verdienst angerechnet."

„Zu schlimm“, sagte ich.

„Ach, ich bekam auch meinen Teil. Die anderen Direktoren der Minengesellschaft schenkten mir als Dank Anteile im Wert von vierzehntausend Pfund. Nicht so schlecht, was? Aber wenn es um Investitionen geht, Hastings, dann, ich bitte Sie herzlich, bleiben Sie strikt auf der Seite der Konservativen. Die Dinge, über die Sie in der Zeitung lesen, müssen nicht immer stimmen. Die Direktoren der Erdölgesellschaft am Porcupine – es könnten alles Pearsons sein.“

Mord auf dem Siegesball

Ein reiner Zufall führte dazu, dass mein Freund Hercule Poirot, ehemals leitender Beamter der belgischen Kriminalpolizei, mit dem Fall Styles in Verbindung kam, der als *Das fehlende Glied in der Kette* in die Annalen der Kriminalgeschichte einging. Die erfolgreiche Klärung des Verbrechens machte ihn weithin bekannt, und er beschloss, sich nur noch mit der Lösung von schwierigen Kriminalfällen zu befassen. Ich war an der Somme verwundet und als Invalide aus der Armee entlassen worden und zog schließlich mit ihm in eine gemeinsame Londoner Wohnung. Da ich die meisten seiner Fälle aus erster Hand kenne, schlug man mir vor, einige der interessantesten auszuwählen und niederzuschreiben. Nachdem ich mich dazu entschlossen hatte, wurde mir klar, dass es am besten wäre, mit jenem verzwickten Fall zu beginnen, der seinerzeit ein so weit verbreitetes öffentliches Interesse erregte. Ich spreche von dem Mord auf dem Siegesball.

Zwar ist dieser Fall für Poirots besondere Methoden vielleicht nicht ganz so typisch wie einige der weniger bekannten. Aber durch die prominenten Leute, die darin verwickelt waren, und durch die ungeheure Beachtung, die ihm die gesamte Presse schenkte, wurde er zu einer *cause célèbre*. Ich bin schon seit langem der Meinung, dass die Rolle, die Poirot bei der Lösung spielte, endlich von der Welt gewürdigt werden sollte.

An einem schönen Frühlingsmorgen saßen wir in Poirots Zimmer. Mein kleiner Freund, adrett und geschniegelt wie immer, trug, den eiförmigen Kopf leicht zur Seite geneigt, mit größter Sorgfalt eine neue Pomade auf seinen Schnurrbart auf. Eine gewisse harmlose Eitelkeit war für ihn charakteristisch und passte zu seiner Ordnungsliebe und seinem Hang zur Methodik. Die Tageszeitung *Newsmonger*, in der ich gelesen hatte, war mir aus den Händen und auf den Boden geglitten, und ich war tief in Gedanken, als Poirots Stimme mich aufschreckte.

„Was überlegen Sie denn so angestrengt, *mon ami*?"

„Um die Wahrheit zu sagen", erwiderte ich, „ich habe mir über diese rätselhafte Sache beim Siegesball Gedanken gemacht. Die Zeitungen sind voll davon."

Ich bückte mich, hob die Zeitung auf und tippte mit dem Zeigefinger auf die entsprechende Stelle.

„Ja?"

„Je mehr man darüber liest, umso geheimnisvoller wird die Geschichte." Ich erwärmte mich immer mehr für mein Thema. „Wer hat Lord Cronshaw ermordet? War Coco Courtenays Tod in derselben Nacht ein reiner Zufall? War es ein Unfall? Oder hat sie absichtlich eine Überdosis Kokain genommen?" Ich unterbrach mich und fügte dann dramatisch hinzu: „Das sind die Fragen, die ich mir stelle."

Poirot ging nicht darauf ein, und das ärgerte mich.

Er blickte in den Spiegel und murmelte: „Also wirklich, diese neue Pomade tut an meinem Schnurrbart wahre Wunder." Als er jedoch meinen Blick auffing, sagte er hastig: „Und wie beantworten Sie sich Ihre Fragen?"

Bevor ich darauf etwas sagen konnte, wurde die Tür geöffnet, und unsere Hauswirtin meldete Inspektor Japp. Der Mann von Scotland Yard war ein alter Freund, und wir begrüßten ihn herzlich.

„Ah, Japp, mein Lieber!", rief Poirot. „Was führt Sie zu uns?"

„Tja, Monsieur Poirot", antwortete Japp, setzte sich und nickte mir zu, „ich arbeite an einem Fall, der ganz auf Ihrer Linie zu liegen scheint, und ich bin zu Ihnen gekommen, um Sie zu fragen, ob Sie Lust hätten, ein bisschen mitzumischen."

Poirot hatte eine gute Meinung von Japps Fähigkeiten, wenn er auch seinen bedauerlichen Mangel an Methode beklagte. Ich für meinen Teil fand, dass die größte Begabung des Inspektors in der schönen Kunst lag, sich Gefälligkeiten zu erschleichen, indem er so tat, als erweise er sie einem.

„Es geht um den Mord auf dem Siegesball", sagte Japp überredend. „Seien Sie ehrlich, Sie wären bestimmt gern dabei."

Poirot lächelte mir zu.

„Mein Freund Hastings wäre es auf jeden Fall. Er hat mir eben einen Vortrag über das Thema gehalten, *n'est-ce pas, mon ami*?"

„Nun, Sir", meinte Japp herablassend, „Sie sind natürlich auch mit von der Partie. Ich kann Ihnen sagen, Sie dürfen stolz darauf sein, in einen solchen

Fall eingeweiht zu werden. Kommen wir zur Sache. Sie kennen die wesentlichen Fakten, nehme ich an, Monsieur Poirot?“

„Nur aus der Presse, und die Fantasie der Journalisten ist manchmal irreführend. Erzählen Sie mir doch die ganze Geschichte lieber selbst.“

Japp schlug die Beine übereinander und begann.

„Wie jeder weiß, wurde letzten Dienstag ein großer Siegesball veranstaltet. Zwar nennt sich heute jede Allerweltshopserei so, aber das war wirklich *die* Sache. Der Ball fand in der *Colossus Hall* statt, und ganz London war da. Auch der junge Lord Cronshaw und seine Clique ...“

„Sein *dossier*?“, fiel Poirot ihm ins Wort. „Ich meine, seine Biografie?“

„Viscount Cronshaw war der fünfte Viscount, fünfundzwanzig Jahre alt, reich, nicht verheiratet und liebte die Welt des Theaters. Es gibt Gerüchte, dass er mit Miss Courtenay vom Albany-Theater verlobt war, die von ihren Freunden Coco genannt wurde und nach allem, was man so über sie hört, eine faszinierende junge Dame gewesen sein muss.“

„Gut. *Continuez!*“

„Zu Lord Cronshaws Gesellschaft gehörten sechs Leute. Er selbst, sein Onkel, der ehrenwerte Eustace Beltane, eine hübsche amerikanische Witwe, Mrs Mallaby, der junge Schauspieler Chris Davidson, seine Frau und als Letzte, aber nicht als Schlechteste, Miss Coco Courtenay. Es war ein Kostümball, wie Sie wissen, und die Cronshaw-Clique stellte Figuren aus der italienischen Komödie dar – was immer das sein mag.“

„Die *Commedia dell'Arte*", murmelte Poirot. „Ich weiß Bescheid."

„Auf jeden Fall waren die Kostüme nach Porzellanfiguren kopiert worden, die zu Eustace Beltanes Sammlung gehören. Lord Cronshaw war der Harlekin, Beltane Pulcinello, Mrs Mallaby seine Partnerin Pulcinella. Die Davidsons stellten Pierrot und Pierrette dar und Miss Courtenay natürlich Colombina. Es wurde jedoch schon zu Beginn des Abends offenkundig, dass irgendetwas nicht stimmte. Lord Cronshaw war schlecht gelaunt und benahm sich merkwürdig. Als die Gesellschaft sich in einem kleinen, vom Gastgeber reservierten Nebenraum traf, fiel allen auf, dass er und Miss Courtenay nicht miteinander sprachen. Sie hatte offensichtlich geweint und schien kurz vor einem hysterischen Anfall zu stehen. Die Stimmung beim Essen war höchst ungemütlich. Nachdem sie alle das Nebenzimmer verlassen hatten, wandte sich Miss Courtenay an Chris Davidson und bat ihn laut, sie nach Hause zu bringen, da sie ‚den Ball satt habe'. Der junge Schauspieler zögerte, sah Lord Cronshaw an und zog die beiden schließlich zurück in das Nebenzimmer, in dem sie gegessen hatten.

Doch sosehr er sich auch bemühte, es gelang ihm nicht, sie zu versöhnen. Miss Courtenay stürzte davon. Davidson besorgte ein Taxi und fuhr mit der nunmehr weinenden Schauspielerin zu ihrer Wohnung. Obwohl sie sehr erregt war, vertraute sie sich ihm nicht an und wiederholte nur immer wieder, das werde der alte Cronch noch büßen. Das ist für uns der einzige Hinweis darauf, dass ihr Tod vielleicht kein Unglücksfall war, und das ist sehr wenig. Als Davidson sie schließlich etwas beruhigt hatte, war es zu spät geworden, um in die ‚Colossus Hall' zurückzukehren, und darum fuhr er direkt zu seiner Wohnung in Chelsea, wo bald darauf auch seine Frau eintraf und von der entsetzlichen Tragödie berichtete, die sich nach seinem Weggang zugetragen hatte.

Wie es scheint, war Lord Cronshaw im Lauf des Abends immer misslauniger geworden. Er hielt sich von seinen Freunden fern, und sie sahen ihn während des restlichen Abends kaum. Gegen halb zwei Uhr morgens, kurz vor dem großen Kotillon, bei dem sich alle demaskieren sollten, entdeckte Captain Digby, ein Regimentskamerad, der sein Kostüm kannte, Lord Cronshaw in einer Loge.

‚Hallo, Cronch!', rief Digby zu ihm hinauf. ‚Komm runter und misch dich unters Volk! Warum bläst du Trübsal wie eine alte Eule? Jetzt spielen sie gleich einen guten alten Ragtime!'

‚Ich komme!', antwortete Cronshaw. ‚Wart auf mich, sonst finde ich dich in dem Gewimmel nicht wieder.'

Noch während er die letzten Worte sprach, drehte er sich um und verließ die Loge. Captain Digby, der mit Mrs Davidson zusammen war, wartete. Die Minuten verstrichen, aber Lord Cronshaw tauchte nicht auf. Schließlich wurde Digby ungeduldig.

‚Glaubt der Bursche, wir warten die ganze Nacht auf ihn?', rief er.

In diesem Moment erschien Mrs Mallaby, und sie erklärten ihr die Situation.

‚Er benimmt sich heute Abend wie ein alter

Brummbär', sagte die hübsche Witwe lebhaft. ,Ziehen wir los und locken wir ihn aus seinem Versteck.'

Sie begannen zu suchen, fanden Cronshaw jedoch nicht, bis Mrs Mallaby meinte, dass er in dem Nebenraum sein könnte, in dem sie gegessen hatten.

Sie gingen hin. Aber was für ein Anblick erwartete die drei! Der Harlekin war tatsächlich da. Er lag auf dem Boden, und in seinem Herzen steckte ein Tafelmesser."

Japp hielt inne. Poirot nickte und sagte mit Kennermiene: „*Une belle affaire!* Und es gab keinen Hinweis auf den Täter? Aber wieso auch!"

„Nun", fuhr der Inspektor fort, „den Rest kennen Sie. Es war eine doppelte Tragödie. Am nächsten Tag waren die Schlagzeilen voll von dem Mord. Und dazu kam noch die Nachricht, Miss Courtenay, die bekannte und beliebte Schauspielerin, sei in ihrem Bett tot aufgefunden worden: durch eine Überdosis Kokain. War es Unfall oder Selbstmord? Das Hausmädchen sagte aus, Miss Courtenay habe regelmäßig Rauschgift genommen, und das Urteil lautete auf Tod durch Unfall. Trotzdem können wir Selbstmord nicht ganz ausschließen. Ihr Tod ist für uns ein ganz besonderes Pech, weil wir nun nie mehr erfahren werden, warum sich die beiden so gestritten hatten. Übrigens wurde bei dem Toten ein Emaildöschen gefunden, auf dem in Diamanten der Name Coco stand. Es war halb voll mit Kokain. Miss Courtenays Mädchen identifizierte es als Eigentum der Schauspielerin, die es fast immer bei sich trug, weil sie von Kokain immer abhängiger wurde."

„War Lord Cronshaw ebenfalls süchtig?"

„Alles andere als das. Er hatte, was Betäubungsmittel angeht, ungewöhnlich strenge Grundsätze."

Poirot nickte nachdenklich.

„Aber da sich das Döschen in seinem Besitz fand, wusste er, dass Miss Courtenay Rauschgift nahm. Das verrät uns doch sehr viel, nicht wahr, mein lieber Japp?"

„Ach, ja", antwortete Japp vage.

Ich lächelte.

„So", sagte Japp, „sieht der Fall also aus. Was halten Sie davon?"

„Sie haben nicht irgendetwas gefunden, von dem Sie mir noch nicht erzählt haben?"

„Doch." Japp nahm einen kleinen Gegenstand aus der Tasche und reichte ihn Poirot. Es war ein Pompon aus smaragdgrüner Seide, an dem ein paar Stofffasern hingen, als sei er mit Gewalt abgerissen worden. „Wir haben ihn in der Hand des Toten gefunden", erklärte der Inspektor. „Er hielt ihn krampfhaft fest."

Poirot gab ihm den Pompon kommentarlos zurück und fragte: „Hatte Lord Cronshaw Feinde?"

„Darüber war nichts zu erfahren. Er scheint sehr beliebt gewesen zu sein."

„Wem nützt sein Tod?"

„Seinem Onkel Eustace Beltane. Er erbt Titel und Besitz. Es gibt ein oder zwei Verdachtsmomente gegen ihn. Mehrere Leute haben ausgesagt, sie hätten in dem kleinen Nebenzimmer einen heftigen Wortwechsel gehört, und Eustace Beltane sei einer der Streithähne gewesen. Und die Mordwaffe, das Messer, das vom Tisch genommen und dem Opfer ins Herz gestoßen worden war, würde zu der Theorie passen, dass die Tat im Affekt begangen wurde."

„Was sagt Mr Beltane dazu?"

„Er behauptet, einer der Kellner sei betrunken gewesen, und er habe ihn abgekanzelt. Auch sei das schon gegen ein Uhr und nicht erst gegen halb zwei gewesen. Captain Digbys Aussage lässt ja ziemlich genaue Rückschlüsse auf die Tatzeit zu. Nachdem er mit Cronshaw gesprochen hatte, vergingen bis zum Auffinden der Leiche nur ungefähr zehn Minuten."

„Und auf jeden Fall hatte Mr Beltane als Pulcinello einen Buckel und trug eine Halskrause?"

„Ich weiß nicht, wie die Kostüme im Einzelnen aussahen", sagte Japp und warf Poirot einen neugierigen Blick zu. „Außerdem begreife ich nicht ganz, was das mit dem Verbrechen zu tun hat."

„Wirklich nicht?" In Poirots Lächeln war ein Anflug von Spott. In seinen Augen funkelte ein grüner Schimmer, den ich so gut kannte. Er fuhr gelassen fort: „In diesem kleinen Nebenraum gibt es einen Vorhang, nicht wahr?"

„Ja, aber ..."

„Mit genug Platz dahinter, dass ein Mann sich verstecken kann?"

„Ja ... es gibt dort tatsächlich eine kleine Nische, aber wie können Sie das wissen? Sie waren doch nicht dort, Monsieur Poirot, oder?"

„Nein, mein lieber Japp. Der Gedanke mit dem Vorhang ist mir zwangsläufig gekommen. Ohne ihn ist das Drama nicht vorstellbar. Man muss immer logisch denken. Sagen Sie mal, hat man keinen Arzt geholt?"

„Sofort, natürlich! Doch es war nichts mehr zu ma-

chen. Der Tod muss auf der Stelle eingetreten sein."
Poirot nickte ziemlich ungeduldig.

„Ja, ja, ich verstehe. Hat der Arzt bei der gerichtlichen Voruntersuchung ausgesagt?"

„Ja."

„Hat er keine ungewöhnlichen Symptome erwähnt – ist ihm an der Leiche nichts aufgefallen?"

Japp sah den kleinen Mann scharf an.

„Doch, Monsieur Poirot. Ich weiß nicht, worauf Sie hinauswollen, aber er sagte, Arme und Beine seien verspannt und steif gewesen, und er könne sich beides nicht erklären."

„Aha!", rief Poirot. „Aha! *Mon Dieu!* Das gibt einem zu denken, nicht wahr, Japp?"

Ich sah, dass es Japp bestimmt nicht zu denken gab.

„Wenn Sie glauben, es sei Gift gewesen ... Wer in aller Welt würde einen Mann zuerst vergiften und ihm dann ein Messer ins Herz stoßen?"

„Das wäre wirklich lächerlich", entgegnete Poirot gelassen.

„Möchten Sie es sich anschauen, Monsieur Poirot? Wenn Sie das Zimmer untersuchen wollen, in dem die Leiche gefunden wurde ..."

Poirot winkte ab.

„Nicht nötig. Sie haben mir alles gesagt, was mich interessiert – Lord Cronshaws Meinung über Rauschgift."

„Und Sie wollen sich nichts ansehen?"

„Doch, etwas schon."

„Und was ist das?"

„Die Porzellanfiguren, nach denen man die Kostüme kopiert hat."

Japp starrte ihn entgeistert an. „Na, Sie sind wirklich komisch!"

„Können Sie alles Nähere veranlassen?"

„Sie können sofort zum Berkeley Square fahren, wenn Sie Lust haben. Mr Beltane – oder Seine Lordschaft, wie ich jetzt wohl sagen sollte – hat bestimmt nichts dagegen."

Wir ließen ein Taxi kommen und fuhren los. Der neue Lord Cronshaw war nicht zu Hause, aber als Japp darum bat, führte man uns in das Porzellanzimmer, wo die schönsten Stücke der Sammlung aufbewahrt wurden. Japp sah sich etwas hilflos um.

„Ich begreife nicht, wie Sie hier die Figuren finden wollen, die Sie suchen, Monsieur Poirot", sagte er.

Aber Poirot hatte schon einen Stuhl an den offenen Kamin gezogen und hüpfte, flink wie ein Kobold, hinauf. Auf einem Regal über dem Spiegel standen sechs Figürchen. Poirot untersuchte sie sehr genau und machte dabei ein paar Bemerkungen in unsere Richtung.

„*Les voilà!* Die italienische Komödie. Drei Paare! Harlekin und Colombina, Pierrot und Pierrette – sehr elegant in Weiß und Grün – und Pulcinello und Pulcinella in Lila und Gelb. Sehr kunstvoll, das Kostüm des Pulcinello – Rüschen und Volants, ein Buckel, ein hoher Hut. Ja, ganz wie ich es mir gedacht habe. Sehr kunstvoll gearbeitet."

Er stellte die Figuren vorsichtig wieder zurück und sprang vom Stuhl.

Japp zog ein zweifelndes Gesicht, aber da Poirot offensichtlich nicht die Absicht hatte, etwas zu verraten, machte der Inspektor gute Miene zum bösen

Spiel. Als wir eben gehen wollten, trat der Hausherr ein, und Japp stellte uns vor.

Der sechste Viscount Cronshaw war ungefähr fünfzig, höflich und glatt, mit einem hübschen, verlebten Gesicht. Allem Anschein nach ein alter Wüstling mit dem gelangweilten Gehabe eines Wichtigtuers. Ich fand ihn sofort unsympathisch. Er begrüßte uns ziemlich freundlich, sagte, er habe schon viel von Poirot gehört, und erklärte, er stehe uns jederzeit zur Verfügung.

„Die Polizei tut alles, was sie kann, das weiß ich", sagte er. „Aber ich fürchte, dass das Geheimnis um den Tod meines Neffen nie aufgeklärt werden wird. Die ganze Sache kommt mir höchst rätselhaft vor."

Poirot beobachtete ihn genau. „Und Ihr Neffe hatte Ihres Wissens keine Feinde?"

„Überhaupt keine, davon bin ich überzeugt." Er unterbrach sich kurz und fuhr dann fort: „Wenn Sie mir Fragen stellen möchten ..."

„Nur eine." Poirots Stimme klang ernst. „Die Kostüme – waren es genaue Kopien der Kostüme Ihrer Porzellanfiguren?"

„Bis in die kleinste Einzelheit."

„Besten Dank, Milord. Das wollte ich nur wissen. Ich wünsche Ihnen einen guten Tag."

„Und was nun?", fragte der Inspektor Japp, während wir die Straße entlangeilten. „Ich muss mich im Yard melden, wissen Sie."

„*Bien*, ich will Sie nicht aufhalten. Ich habe nur noch eine Kleinigkeit zu erledigen, dann ..."

„Ja?"

„... habe ich den Fall gelöst."

„Was? Das ist nicht Ihr Ernst! Sie wissen, wer Lord Cronshaw ermordete?“

„*Parfaitement.*“

„Wer war es? Eustace Beltane?“

„Aber, *mon ami*, Sie kennen doch meine kleinen Schwächen. Ich habe immer den Wunsch, die Fäden bis zur letzten Minute in der Hand zu behalten. Nur keine Angst, Sie werden alles rechtzeitig erfahren. Ich will keine Anerkennung – der Fall gehört Ihnen. Unter einer Bedingung: Wenn Sie mir gestatten, die Lösung auf meine Art zu inszenieren.“

„Ein fairer Vorschlag“, sagte Japp. „Das heißt – falls es eine Lösung gibt. Aber, wie ich immer sage, Sie sind verschlossen wie eine Auster, nicht wahr?“

Poirot lächelte nur.

„Nun, dann auf Wiedersehen“, fügte Japp lahm hinzu. „Ich mache, dass ich in den Yard komme.“

Er ging die Straße hinunter, und Poirot winkte einem vorüberfahrenden Taxi.

„Wohin wollen wir?“, fragte ich neugierig.

„Nach Chelsea zu den Davidsons.“ Er nannte dem Fahrer die Adresse.

„Was halten Sie vom neuen Lord Cronshaw?“, fragte ich.

„Was sagt mein lieber Freund Hastings zu ihm?“

„Ich misstraue ihm instinktiv.“

„Für Sie ist er der böse Onkel aus dem Märchenbuch, nicht wahr?“

„Für Sie nicht?“

„Nun, ich finde, er war äußerst liebenswürdig“, antwortete Poirot unverbindlich.

„Dafür wird er schon seine Gründe gehabt haben.“

Poirot sah mich an, schüttelte traurig den Kopf und murmelte etwas, das klang wie: „Keine Methode."

Die Davidsons wohnten im dritten Stock eines Hauses mit Luxuswohnungen. Mr Davidson sei ausgegangen, teilte man uns mit, aber Mrs Davidson sei da. Wir wurden in einen langen, niedrigen Raum mit bunten orientalischen Wandbehängen geführt, in dem es betäubend nach Räucherstäbchen roch. Mrs Davidson erschien gleich darauf, ein zierliches, hellhaariges Geschöpf, das in seiner Zerbrechlichkeit rührend gewirkt hätte, hätten die hellblauen Augen keinen so wachen und berechnenden Ausdruck gehabt.

Poirot erklärte, wie wir mit dem Fall in Verbindung gekommen waren, und sie schüttelte traurig den Kopf. „Armer Cronch – und auch arme Coco! Wir mochten beide sehr, ihr Tod hat uns schrecklich traurig gemacht. Was wollen Sie mich fragen? Muss ich Ihnen wirklich diesen furchtbaren Abend noch einmal in allen Einzelheiten schildern?"

„Ich möchte Sie nicht unnötig quälen, das müssen Sie mir glauben, Madame. Inspektor Japp hat mir auch schon alles Wissenswerte berichtet. Ich möchte nur das Kostüm sehen, das Sie in der Ballnacht trugen."

Sie sah leicht überrascht aus, und Poirot fuhr gelassen fort:

„Sie verstehen doch, Madame, dass ich nach den Methoden meiner Heimat arbeite. Dort rekonstruieren wir das Verbrechen. Vielleicht halte ich sogar einen Lokaltermin ab, und wenn es so weit kommt, sind die Kostüme dabei sehr wichtig, Sie verstehen, Madame?“

Mrs Davidson sah noch immer ein wenig zweifelnd drein.

„Ich habe natürlich schon davon gehört, dass man Verbrechen rekonstruiert, wusste aber nicht, dass Einzelheiten dabei so wichtig sind“, sagte sie. „Ich hole jetzt das Kleid.“

Sie verließ das Zimmer und erschien fast sofort wieder mit einer Hand voll elegantem weißen und grünen Satin. Poirot nahm das Kostüm in Empfang, untersuchte es und gab es ihr mit einer Verbeugung zurück.

„*Merci*, Madame. Wie ich sehe, hatten Sie Pech und verloren einen grünen Pompon. Der hier an der Schulter fehlt.“

„Ja, er wurde mir auf dem Ball abgerissen. Ich hob ihn auf und bat den armen Lord Cronshaw, ihn für mich aufzubewahren.“

„Das war nach dem Abendessen?“

„Ja.“

„Vielleicht sogar kurz vor der Tragödie?“

In Mrs Davidsons blasse Augen trat ein Ausdruck leichter Bestürzung.

„Oh nein, das war lange vorher – es war sogar gleich nach dem Abendessen.“

„Ich verstehe. Nun, das wäre alles. Ich möchte Sie nicht länger stören. *Bonjour*, Madame.“

„Na“, sagte ich, als wir auf die Straße traten, „das erklärt das Geheimnis des grünen Pompons.“

„Tut es das wirklich?“

„Warum? Wie meinen Sie das?“

„Sie haben doch gemerkt, dass ich das Kleid untersuchte, Hastings?"

„Ja?"

„*Eh bien*, der fehlende Pompon war nicht abgerissen worden, wie die Dame behauptete. Im Gegenteil, er wurde abgeschnitten, mein Freund, mit einer Schere abgeschnitten. Die Fäden waren alle gleich lang."

„Du meine Güte! Das wird ja immer verwickelter."

„Im Gegenteil", antwortete Poirot freundlich, „es wird immer einfacher."

„Poirot", rief ich, „eines Tages bringe ich Sie um! Ihre Art, alles unglaublich einfach zu finden, ist empörend!"

„Aber ist denn nicht alles immer ganz einfach, wenn ich es erkläre, *mon ami*?"

„Ja. Das ist eben das Ärgerliche daran. Dann habe ich immer das Gefühl, ich hätte es selbst merken können."

„Und das könnten Sie auch, Hastings, das könnten Sie. Wenn Sie sich die Mühe machten, Ihre Gedanken zu ordnen. Ohne Methode ..."

„Ja, ja", unterbrach ich ihn hastig, denn ich kannte seine Beredsamkeit, wenn es um sein Lieblingsthema ging, nur allzu gut. „Verraten Sie mir lieber, was wir als Nächstes tun. Wollen Sie das Verbrechen wirklich rekonstruieren?"

„Das wohl kaum. Sagen wir mal so: Das Drama ist zwar zu Ende, aber ich würde vorschlagen, eine Posse anzuhängen."

(An diesem Punkt möchte der Leser vielleicht gern eine Pause einlegen und selbst nach einer Lösung des Verbrechens suchen, um später vergleichen zu können, wie nahe er der Lösung der Autorin gekommen ist.)

Poirot hatte bestimmt, dass seine geheimnisvolle Vorstellung am nächsten Dienstag stattfinden sollte. Für mich waren die Vorbereitungen äußerst verwirrend. Auf einer Seite des Wohnzimmers wurde eine weiße Leinwand aufgestellt, links und rechts eingerahmt von schweren Vorhängen. Als Nächstes erschien ein Mann mit einem Beleuchtungsscheinwerfer und zum Schluss eine Gruppe von Theaterleuten. Sie verschwanden in Poirots Schlafzimmer, das in eine provisorische Garderobe verwandelt worden war.

Kurz vor acht kam Japp. Er war nicht gerade in bester Laune. Ich vermute, dass er als Vertreter der Behörden Poirots Plan kaum billigte.

„Ein bisschen melodramatisch, wie alle seine Einfälle. Aber die Sache schadet niemandem und erspart uns vielleicht, wie er behauptet, eine Menge Schwierigkeiten. Er hat die Geschichte äußerst scharfsinnig angepackt. Natürlich war ich auf derselben Fährte“, ich hatte das Gefühl, dass Japp hier die Wahrheit ein bisschen arg strapazierte, „aber ich versprach ihm ja, er könne die Sache auf seine Weise zu Ende spielen. Ah, und da sind sie alle!“

Seine Lordschaft und Mrs Mallaby, die ich noch nicht kannte, trafen als Erste ein. Sie war eine hübsche, dunkelhaarige Frau, die mir auffallend nervös zu sein schien. Die Davidsons kamen gleich nach ihnen. Chris Davidson sah ich ebenfalls zum ersten

Mal. Er sah gut aus, auf eine ins Auge springende Art, groß und dunkel, und bewegte sich mit der lässigen Geschmeidigkeit des Schauspielers.

Poirot hatte die Stühle für die Gäste vor der Leinwand platziert, die von dem Scheinwerfer angeleuchtet wurde. Nun löschte er alle anderen Lichter, sodass abgesehen von der Leinwand der ganze Raum im Dunkeln lag. Aus dieser Dunkelheit ertönte die Stimme meines kleinen Freundes.

„Messieurs, Mesdames, ein Wort der Erklärung. Sechs Gestalten werden eine nach der anderen an der Leinwand vorübergehen. Sie kennen sie: Pierrot und seine Pierrette. Pulcinello, der Possenreißer, und die elegante Pulcinella. Die schöne, leichtfüßige Colombina und Harlekin, der Geist, der für die Menschen unsichtbar ist."

Nach diesen einleitenden Worten begann die Vorführung. Nacheinander, wie von Poirot angekündigt, erschien jede Figur vor der Leinwand, blieb kurz stehen und verschwand dann. Die Lichter gingen an, und die Zuschauer seufzten erleichtert auf. Alle waren nervös gewesen und hatten sich gefürchtet, wenn sie auch nicht wussten, wovor. Ich hatte das Gefühl, dass die Sache völlig wirkungslos geblieben war. Wenn der Täter unter uns saß und Poirot erwartet hatte, er werde schon beim Anblick einer vertrauten Gestalt zusammenbrechen, war der Plan kläglich gescheitert, was mir fast unvermeidlich geschienen hatte. Poirot war jedoch ganz und gar nicht aus der Fassung geraten. Lächelnd trat er vor.

„Nun, Messieurs, Mesdames, würden Sie so freundlich sein, mir der Reihe nach zu sagen, was

Sie eben gesehen haben? Beginnen Sie bitte, Milord."

Lord Cronshaw sah ihn ziemlich ratlos an. „Ich fürchte, ich verstehe Sie nicht ganz."

„Sagen Sie mir einfach, was Sie gesehen haben."

„Ich – eh – nun ja, ich würde sagen, wir haben sechs kostümierte Gestalten an einer Leinwand vorübergehen sehen, die Figuren aus der *Commedia dell'Arte* darstellen sollten, oder – eh – uns selbst in der Ballnacht ..."

„Vergessen Sie die Ballnacht, Milord", fiel Poirot ihm ins Wort. „Im ersten Teil Ihrer Rede haben Sie gesagt, was ich hören wollte. Madame, stimmen Sie Lord Cronshaw zu?" Die Frage galt Mrs Mallaby.

„Ich – ja – ja, natürlich."

„Sie sind auch der Meinung, dass Sie sechs Figuren aus der italienischen Komödie gesehen haben?"

„Aber gewiss."

„Monsieur Davidson, Sie auch?"

„Ja."

„Hastings? Japp? Ja? Sie stimmen alle überein?"

Er sah uns nacheinander an. Sein Gesicht wurde ziemlich blass, und seine Augen waren grün wie die einer Katze. „Und doch haben Sie sich geirrt, alle! Ihre Augen haben Sie belogen, genauso belogen wie auf dem Siegesball. Die Dinge ‚mit eigenen Augen zu sehen', wie es so schön heißt, bedeutet nicht immer, die Wahrheit zu sehen. Man muss mit den Augen des Verstandes sehen, muss seine kleinen grauen Zellen arbeiten lassen. Ich will damit sagen, dass Sie heute Abend und auf dem Ball nicht sechs, sondern nur fünf Figuren gesehen haben. Passen Sie auf!"

Die Lichter gingen wieder aus. Eine Gestalt hüpfte vor die Leinwand – Pierrot?

„Wer ist das?“, fragte Poirot. „Ist das der Pierrot?“

„Ja!“, riefen wir.

„Sehen Sie noch einmal hin!“

Mit einer schnellen Bewegung entledigte sich der Mann seines weiten Pierrotgewandes. Vor uns im Scheinwerferlicht stand der glitzernde Harlekin. Im selben Augenblick hörten wir einen Schrei, und ein Stuhl fiel um.

„Verflucht sollen Sie sein!“, rief Davidson voller Hass. „Verflucht sollen Sie sein! Wie haben Sie das erraten?“

Dann klickten Handschellen, und Japps ruhige Stimme wurde hörbar: „Ich verhafte Sie, Christopher Davidson, unter dem dringenden Verdacht, Lord Cronshaw ermordet zu haben. Alles, was Sie von jetzt an sagen, kann gegen Sie verwendet werden.“

Es war eine Viertelstunde später. Ein köstliches kleines Abendessen war aufgetragen worden. Über das ganze Gesicht strahlend, spielte Poirot den Gastgeber und beantwortete unsere eifrigen Fragen.

„Es war alles sehr einfach. Die Umstände, unter denen der grüne Pompon gefunden wurde, ließen nur den Schluss zu, dass er vom Kostüm des Mörders abgerissen worden war. Pierrette war für mich von vornherein unverdächtig, da man ziemlich viel Kraft braucht, um jemandem ein Tischmesser ins Herz zu stoßen. Ich konzentrierte mich auf Pierrot als möglichen Täter. Aber Pierrot hatte den Ball fast zwei Stunden vor dem Mord verlassen. Also musste er entweder noch einmal zurückgekommen sein, um Lord Cronshaw zu töten, oder – *eh bien*, er musste ihn getötet haben, bevor er den Ball verließ. War das unmöglich? Wer hatte Lord Cronshaw an diesem Abend nach dem Essen noch gesehen? Nur Mrs Davidson. Aber ihre Aussage war, wie ich vermutete, reine Erfindung, weil sie eine Erklärung für den Pompon finden musste, den sie natürlich von ihrem Kostüm abgeschnitten hatte, als Ersatz für den, der am Kostüm ihres Mannes fehlte. Dann musste aber der Harlekin, der um halb zwei in der Loge gesehen worden war, jemand anders gewesen sein. Am Anfang glaubte ich kurze Zeit, Mr Beltane sei der Schuldige. Da er aber ein so kniffliges Kostüm trug, wäre es ihm ganz offensichtlich unmöglich gewesen, die Doppelrolle des Pulcinello und des Harlekins zu spielen. Für Davidson, einen jungen Mann von der ungefähren Größe des Opfers und noch dazu Schauspieler, war die Sache andererseits denkbar einfach.

Nur eines verwirrte mich. Ein Arzt musste doch erkennen, ob ein Mensch seit zwei Stunden oder erst seit zehn Minuten tot war. *Eh bien!* Der Arzt erkannte es natürlich. Aber man brachte ihn nicht zu der Leiche und fragte ihn: ‚Wie lange ist dieser Mann schon tot?' Im Gegenteil, man teilte ihm mit, der Mann sei vor ungefähr zehn Minuten noch lebend gesehen worden. Daher sprach der Arzt bei der gerichtlichen Voruntersuchung auch nur von einer ungewöhnlichen Steifheit der Glieder, die er sich nicht erklären könne.

Alles fügte sich jetzt großartig in meine Theorie.

Davidson hatte Lord Cronshaw unmittelbar nach dem Abendessen getötet. Wie Sie sich bestimmt erinnern, wurde er gesehen, als er Lord Cronshaw in das Nebenzimmer zurückzog. Dann fuhr er mit Miss Courtenay nach Hause, verließ sie vor ihrer Wohnungstür (anstatt mit ihr hineinzugehen und sie zu beruhigen, wie er behauptete) und kehrte auf schnellstem Weg in die ‚Colossus Hall' zurück. Diesmal jedoch als Harlekin und nicht als Pierrot, eine Verwandlung, die leicht zu bewerkstelligen war, da er nur das Kostüm auszuziehen brauchte, das er über dem anderen trug."

Mit einem Ausdruck der Verwirrung in den Augen beugte der Onkel des Ermordeten sich vor.

„Aber dann muss er ja mit dem fertigen Mordplan zum Ball gekommen sein. Was für ein Motiv soll er denn gehabt haben? Ich begreife nicht, was sein Motiv war."

„Dazu müssen wir auf die zweite Tragödie zu sprechen kommen – auf den Tod von Miss Courtenay. Es gab einen ganz einfachen Punkt, den alle übersehen haben. Miss Courtenay starb an einer Überdosis Kokain, aber ihr Vorrat war in dem Emaildöschen, das man bei Lord Cronshaws Leiche fand. Woher hatte sie dann die tödliche Dosis? Nur eine einzige Person konnte sie damit versorgt haben – Davidson. Und das erklärt alles. Es erklärt Miss Courtenays Freundschaft mit den Davidsons und ihre Bitte, Davidson solle sie nach Hause bringen. Lord Cronshaw, ein geradezu fanatischer Gegner aller Rauschmittel, hatte entdeckt, dass sie kokainsüchtig war, und vermutete, dass Davidson sie mit dem Stoff versorgte. Zweifellos stritt Davidson das ab, doch Lord Cronshaw war fest entschlossen, auf dem Ball von Miss Courtenay die Wahrheit zu erfahren. Er hätte zwar der unglücklichen Frau verzeihen können, doch ganz bestimmt hätte er dem Mann gegenüber, der vom Drogenhandel lebte, keine Gnade walten lassen. Entlarvung und den sicheren Ruin vor Augen, ging Davidson mit dem festen Vorsatz auf den Ball, Cronshaw um jeden Preis zum Schweigen zu bringen."

„War Cocos Tod wirklich kein Unfall?"

„Ein von Davidson klug und geschickt gesteuerter Unfall, vermute ich. Miss Courtenay war furchtbar wütend auf Cronshaw, erstens wegen seiner Vorwürfe und zweitens, weil er ihr das Kokaindöschen weggenommen hatte. Davidson versorgte sie mit einem neuen Vorrat und schlug ihr wahrscheinlich vor, die Dosis, dem alten Cronch zum Trotz, zu erhöhen."

„Noch etwas", sagte ich. „Die Nische mit dem Vorhang. Woher wussten Sie eigentlich, dass es sie gab?"

„Nun, *mon ami*, das war wohl das Leichteste von allem. Kellner waren in dem kleinen Zimmer ein und aus gegangen, also konnte die Leiche nicht dort auf dem Boden gelegen haben, wo sie gefunden wurde. Es musste daher in diesem Raum etwas geben, wo man sie verstecken konnte. Ich schloss auf eine durch einen Vorhang verdeckte Nische. Davidson zerrte die Leiche hinein, und später, nachdem er in der Loge die Aufmerksamkeit auf sich gelenkt hatte, holte er sie wieder heraus, bevor er die ‚Colossus

Hall‘ endgültig verließ. Das war einer seiner besten Schachzüge. Er ist ein kluger Kopf.“

Aber in Poirots grünen Augen las ich ganz deutlich die unausgesprochenen Worte: „Nur nicht ganz so klug wie Hercule Poirot.“

Tot im dritten Stock

„Weiß der Kuckuck", sagte Pat.

Mit tiefem Stirnrunzeln wühlte sie wie wild in der seidenen Winzigkeit, die sie als Abendtasche bezeichnete. Zwei junge Männer und ein weiteres junges Mädchen sahen ihr äußerst gespannt zu. Sie standen alle vier vor der geschlossenen Tür zu Pats Wohnung.

„Es hilft nichts", sagte Pat. „Er ist nicht da. Was machen wir jetzt?"

„Was ist das Leben ohne Hausschlüssel?", murmelte Jimmy Faulkener. Er war ein kleiner, breitschultriger junger Mann mit warmen blauen Augen.

Pat wandte sich ihm zornig zu. „Mach keine Witze, Jimmy! Es ist ernst."

„Sieh noch mal nach, Pat", sagte Donovan Bailey. „Er muss doch da sein!" Er hatte eine schleppende, angenehme Stimme, die zu seinem schmalen, dunklen Gesicht passte.

„Falls du ihn überhaupt mitgenommen hast", meinte das andere junge Mädchen, Mildred Hope.

„Natürlich nahm ich ihn mit", antwortete Pat. „Ich glaube, ich gab ihn einem von euch beiden." Sie wandte sich anschuldigend den Männern zu. „Ich sagte Donovan, er solle ihn aufbewahren."

Aber so leicht war der Sündenbock nicht zu finden.

Donovan widersprach deutlich, und Jimmy stieß in dasselbe Horn.

„Ich sah, wie du ihn in die Tasche tatest“, sagte Jimmy.

„Also gut, dann hat ihn einer von euch verloren, als ihr mir die Tasche gabt. Ich habe sie ein- oder zweimal fallen gelassen.“

„Ein- oder zweimal!“, entgegnete Donovan. „Sie ist dir mindestens ein Dutzend Mal runtergefallen. Außerdem ließest du sie bei jeder Gelegenheit liegen.“

„Ich verstehe nicht, warum nicht auch alles andere rausgefallen ist“, sagte Jimmy.

„Die Frage ist – wie kommen wir hinein?“, meldete sich Mildred. Sie war ein vernünftiges Mädchen, das bei der Sache blieb, aber sie war nicht annähernd so attraktiv wie die impulsive und unruhige Pat.

Alle vier starrten die geschlossene Tür an.

„Könnte nicht der Hausmeister helfen?“, schlug Jimmy vor. „Vielleicht hat er einen Dietrich oder so was?“

Pat schüttelte den Kopf. Es gab nur zwei Schlüssel. Einer hing in der Wohnung in der Küche, und der andere war in der verwünschten Tasche oder hätte dort sein sollen.

„Wenn die Wohnung doch im Erdgeschoss läge“, jammerte Pat. „Dann müssten wir nur ein Fenster eindrücken. Donovan, du möchtest dich nicht als Fassadenkletterer betätigen?“

Donovan lehnte das höflich, aber strikt ab.

„Eine Wohnung im vierten Stock wäre ein riskantes Unternehmen“, meinte Jimmy.

„Vielleicht gibt es eine Feuertreppe?“, schlug Donovan vor.

„Es gibt keine.“

„Sollte es aber“, sagte Jimmy. „Ein Gebäude mit fünf Stockwerken sollte eine Feuertreppe haben.“

„Das finde ich auch. Aber was ‚sein sollte‘, hilft uns nicht weiter. Wie komme ich nur je wieder in meine Wohnung hinein?“

„Gibt es nicht eine Art Warenlift, mit dem die Lieferanten zum Beispiel das Gemüse hochschicken?“, fragte Donovan.

„Der Warenlift“, sagte Pat. „Oh ja, aber er ist nur eine Art Drahtkorb. Wartet – ich weiß etwas. Wie steht's mit dem Kohleaufzug?“

„Immerhin“, meinte Donovan. „Das ist ein Vorschlag.“

Mildred gab Entmutigendes zu bedenken. „Die Tür in Pats Küche wird von innen verriegelt sein.“

Aber diese Möglichkeit wurde sofort verworfen.

„Ich glaube kaum“, widersprach Donovan.

„Nicht in Pats Küche“, sagte Jimmy. „Pat verriegelt nie etwas.“

„Ich glaube nicht, dass sie verriegelt ist“, meinte auch Pat. „Ich ließ heute Morgen den Kehrichteimer hinunter, und ich bin sicher, ich habe die Tür nachher nicht verriegelt. Es wäre mir auch gar nicht in den Sinn gekommen.“

„Nun“, sagte Donovan, „dies könnte uns heute sehr hilfreich sein, aber trotzdem, kleine Pat, muss ich dir sagen, dass dich diese lockeren Gewohnheiten der Willkür der Diebe aussetzen.“

Pat achtete nicht auf die Ermahnungen.

„Also los!“, rief sie und begann, die vier Treppen hinunterzulaufen. Die anderen folgten ihr. Pat führte sie durch einen dunklen Gang, offenbar voll gestopft mit Kinderwagen, durch eine Tür und über den Lichtschacht der Wohnungen zum Kohleaufzug, an dem ein Kehrichteimer hing. Donovan nahm ihn ab und trat auf die Plattform. Er rümpfte die Nase.

„Ziemlicher Gestank“, bemerkte er. „Aber was ist los? Gehe ich allein auf Abenteuer, oder begleitet mich jemand?“

„Ich komme mit“, sagte Jimmy.

Er trat neben Donovan.

„Hoffentlich trägt er uns“, meinte er zweifelnd.

„Ihr könnt nicht mehr als eine Tonne Kohle wiegen“, sagte Pat, die es mit Gewichten nicht so genau nahm.

„Auf jeden Fall werden wir es bald wissen“, sagte Donovan munter und zog am Seil.

Mit einem quietschenden Geräusch verschwanden sie außer Sichtweite.

„Das Ding macht einen schrecklichen Lärm“, bemerkte Jimmy, während sie durch die Dunkelheit nach oben fuhren. „Was werden die Leute in den anderen Wohnungen denken?“

„Geister oder Einbrecher, vermutlich“, antwortete Donovan. „Das Seil zu ziehen ist harte Arbeit. Der Hausmeister arbeitet in solchen Häusern schwerer, als ich dachte. Jimmy, zählst du auch die Stockwerke?“

„Mein Gott, nein. Das habe ich vergessen.“

„Ich nicht. Das ist der dritte Stock, an dem wir jetzt vorbeifahren. Der nächste ist es.“

„Und jetzt werden wir gleich feststellen, dass Pat die Tür doch verriegelt hat", brummte Jimmy.

Aber diese Befürchtung war unbegründet. Die Holztür sprang bei der Berührung auf, und Donovan und Jimmy traten in Pats stockdunkle Küche.

„Wir sollten eine Taschenlampe haben", erklärte Donovan. „Wie ich Pat kenne, liegt wieder alles Mögliche auf dem Boden, und wir zertreten eine ganze Menge, bevor wir den Lichtschalter finden. Rühr dich nicht, Jimmy, bis ich das Licht angemacht habe!"

Donovan tastete sich vorsichtig vor, stieß aber ein heftiges „Verdammt!" aus, als ihn unerwartet die Ecke eines Küchentisches in die Seite traf. Er fand den Schalter, dann klang ein weiteres „Verdammt!" durch die Dunkelheit.

„Was ist los?", fragte Jimmy.

„Es gibt kein Licht. Die Birne ist wohl kaputt. Warte! Ich mache das Licht im Wohnzimmer an."

Das Wohnzimmer lag auf der anderen Seite des Korridors. Jimmy hörte Donovan durch die Tür gehen, und sogleich erreichten ihn neue Flüche. Er bahnte sich selbst vorsichtig einen Weg durch die Küche.

„Was ist los?"

„Ich weiß es nicht. Die Zimmer sind bei Nacht wie verhext. Alles scheint woanders zu stehen. Tische und Sessel, wo man sie am wenigsten vermutet hätte. Zum Teufel! Schon wieder einer!"

Aber jetzt hatte Jimmy zufällig den Lichtschalter gefunden. Die zwei jungen Männer sahen einander in stillem Entsetzen an.

Dies war nicht Pats Wohnzimmer. Sie standen in der falschen Wohnung.

Zunächst war dieser Raum etwa zehnmal voller, was Donovans lautstarke Verwünschungen erklärte, als er wiederholt an Stühlen und Tischen angeeckt war. Es stand ein großer runder Tisch in der Mitte, bedeckt mit einem roten Filztuch, und am Fenster grünte eine Aspidistra. Es war ausgerechnet die Art Einrichtung, deren Besitzer man ihr Eindringen nur schwer erklären konnte, dessen waren sich die jungen Männer sicher. Entsetzt sahen sie auf den Tisch, auf dem ein kleiner Stoß Briefe lag.

„Mrs Ernestine Grant", flüsterte Donovan, nachdem er sie in die Hand genommen und den Namen gelesen hatte. „Mein Gott! Glaubst du, sie hat uns gehört?"

„Es wäre ein Wunder, wenn sie dich nicht gehört hätte", sagte Jimmy, „bei deinen Flüchen und wie du an die Möbel gestoßen bist! Los, um Himmels willen, hauen wir schnell ab."

Sie löschten rasch das Licht und schlichen auf Zehenspitzen zum Lift zurück. Jimmy stieß einen Seufzer der Erleichterung aus, als sie ohne Zwischenfall wieder auf der Plattform standen.

„Ich habe es gern, wenn eine Frau einen guten, gesunden Schlaf hat", sagte er anerkennend. „Mrs Ernestine Grant hat ihre Qualitäten."

„Jetzt weiß ich, warum wir die Stockwerke verwechselt haben", sagte Donovan. „Wir fingen ja im Keller zu zählen an." Er zog an dem Seil, und der Lift schoss hinauf. „Diesmal sind wir richtig."

„Da bin ich aber sehr froh", sagte Jimmy, während

er wieder ins Dunkle trat. „Meine Nerven würden nicht mehr viele solche Schocks aushalten."

Aber es gab keine weiteren Probleme mehr. Die erste aufleuchtende Lampe bewies, dass sie in Pats Küche standen, und in kürzester Zeit öffneten sie die Wohnungstür und ließen die beiden jungen Frauen ein, die draußen gewartet hatten.

„Ihr habt lange gebraucht", brummte Pat. „Mildred und ich mussten wahnsinnig lange warten."

„Wir haben ein Abenteuer erlebt", sagte Donovan. „Beinahe hätte uns die Polizei als gefährliche Einbrecher verhaftet."

Pat war ins Wohnzimmer vorausgegangen, wo sie das Licht andrehte und ihre Tasche auf das Sofa fallen ließ. Mit lebhaftem Interesse hörte sie Donovans Erzählung zu.

„Ich bin froh, dass die Person euch nicht erwischte", kommentierte sie. „Sie ist sicher ein alter Drachen. Ich bekam heute Morgen eine Nachricht von ihr – sie möchte mich sprechen. Bestimmt will sie sich beschweren – vermutlich mein Klavier. Leute, die Klavierspiel nicht mögen, sollten nicht in solchen Wohnungen wohnen. Donovan, du hast dich an der Hand verletzt. Sie ist ja ganz blutig! Geh dich waschen."

Donovan sah überrascht auf seine Hand. Er ging folgsam aus dem Zimmer und rief dann Jimmy.

„Hallo", sagte dieser, „was ist los? Du hast dich nicht schwer verletzt, oder?"

„Ich habe mich überhaupt nicht verletzt."

Donovans Stimme war so merkwürdig, dass Jimmy ihn überrascht musterte. Donovan hielt ihm seine gewaschene Hand hin, und Jimmy entdeckte keine Spur irgendeiner Verletzung.

„Das ist merkwürdig", sagte er stirnrunzelnd. „Es war ziemlich viel Blut. Woher ist es nur gekommen?" Dann begriff er plötzlich, was sein schneller schaltender Freund vermutete. „Du meine Güte, das muss aus jener Wohnung stammen." Er dachte über das eben Gesagte nach. „Bist du sicher, dass es – eh – Blut war?", fragte er. „Nicht Farbe?"

Donovan schüttelte den Kopf. „Es war bestimmt Blut." Er schauderte.

Sie blickten sich an. Der gleiche Gedanke war in ihnen aufgestiegen. Es war Jimmy, der ihn zuerst aussprach. „Ich würde sagen ..." Er zögerte. „Meinst du, wir sollten nun – wieder hinuntergehen – und – eh – uns umsehen? Nachsehen, was los ist, ja?"

„Was ist mit den Frauen?"

„Wir verraten ihnen nichts. Pat wird sich eine Schürze umbinden und Omeletts backen. Wir sind zurück, bis sie uns vermissen."

„Also gut, komm", sagte Donovan. „Ich glaube, wir müssen das einfach auf uns nehmen. Vermutlich ist alles ganz harmlos."

Aber sein Ton klang nicht überzeugt. Sie stiegen in den Lift und fuhren in den unteren Stock. Sie fanden ohne Schwierigkeiten den Weg durch die Küche und machten wieder das Licht im Wohnzimmer an.

„Es muss hier gewesen sein", sagte Donovan, „dass – dass ich das Zeug anfasste. In der Küche habe ich nichts berührt."

Sie blickten sich um und staunten. Alles wirkte ordentlich und ganz normal und schien von jedem

Verdacht auf Gewalttätigkeit oder geronnenes Blut weit entfernt zu sein.

Plötzlich zuckte Jimmy heftig zusammen und packte den Freund am Arm.

„Sieh mal, da!“

Donovan folgte dem ausgestreckten Finger des anderen mit seinem Blick und stieß einen erstaunten Ruf aus. Unter den schweren roten Vorhängen lugte ein Fuß hervor – ein weiblicher Fuß in einem durchbrochenen Lederschuh. Jimmy ging zu den Vorhängen und zog sie brüsk zur Seite. In der Fensternische lag der zusammengekauerte Körper einer Frau, eine dicke dunkle Lache neben sich. Sie war tot, daran war nicht zu zweifeln. Jimmy machte einen Versuch, sie hochzuheben, aber Donovan hinderte ihn daran.

„Das lässt du besser bleiben! Sie darf nicht angerührt werden, bis die Polizei kommt.“

„Die Polizei, natürlich. Oh, Donovan, was für eine schreckliche Sache. Wer kann das nur sein? Mrs Ernestine Grant?“

„Scheint so. Falls noch jemand anders in der Wohnung ist, verhält er sich sehr ruhig.“

„Was tun wir jetzt?“, fragte Jimmy. „Hinauslaufen und einen Polizisten suchen oder von Pats Wohnung aus telefonieren?“

„Ich glaube, telefonieren wäre besser. Komm, wir können ebenso gut durch die Wohnungstür hinausgehen. Wir können nicht die ganze Nacht mit dem stinkenden Lift auf und ab fahren.“

Jimmy war einverstanden. Als sie vor der Tür standen, zögerte er. „Überleg mal! Meinst du, dass einer von uns dableiben sollte, um aufzupassen – bis die Polizei kommt?“

„Ja, du hast wohl Recht. Bleib hier, ich laufe hinauf und rufe an.“

Er eilte davon und läutete im nächsten Stock. Pat öffnete. Sie sah sehr hübsch aus mit ihren geröteten Wangen und der umgebundenen Schürze. Ihre Augen wurden groß vor Staunen.

„Du? Aber wieso – Donovan, was ist los? Ist etwas geschehen?“

Er nahm sie bei beiden Händen. „Schon gut, Pat – wir haben nur eine ziemlich unangenehme Entdeckung in der unteren Wohnung gemacht. Eine tote Frau –“

„Oh!“ Pat stieß einen kleinen Schrei aus. „Wie schrecklich. Hat sie einen Schlaganfall gehabt?“

„Nein. Es sieht so aus – nun – es sieht eher aus, als sei sie ermordet worden.“

„Oh, Donovan!“

„Ja. Es ist barbarisch.“

Er hielt noch immer ihre Hände. Sie hatte sie in den seinen gelassen – ja, sie klammerte sich sogar an ihn. Liebste Pat – wie sehr er sie liebte! Machte sie sich überhaupt etwas aus ihm? Manchmal glaubte er es. Manchmal hatte er Angst, dass Jimmy Faulkener – die Erinnerung an Jimmy, der unten geduldig wartete, trieb ihn voran.

„Liebste Pat, wir müssen die Polizei rufen.“

„Monsieur hat Recht“, sagte eine Stimme hinter ihm. „Und in der Zwischenzeit, während wir auf sie warten, kann ich Ihnen vielleicht etwas behilflich sein.“

Sie hatten unter der offenen Wohnungstür gestanden und traten jetzt in den Flur hinaus. Eine Gestalt war etwas höher über ihnen auf der Treppe erschienen und kam nun in ihr Blickfeld herunter.

Sie starrten verblüfft auf den kleinen Mann mit dem abenteuerlichen Schnurrbart und dem eiförmigen Kopf. Er trug einen glänzenden Morgenmantel und gestickte Pantoffeln und verbeugte sich galant vor Pat.

„Mademoiselle! Ich bin, wie Sie vielleicht wissen, der Mieter der oberen Wohnung. Ich wohne gern oben – die Luft, die Aussicht über London ... Ich habe die Wohnung unter dem Namen O'Connor gemietet. Aber ich bin kein Ire. Ich heiße anders. Darum erlaube ich mir auch, mich Ihnen zur Verfügung zu stellen. Gestatten Sie?" Schwungvoll zog er eine Visitenkarte hervor und überreichte sie Pat. Sie betrachtete sie.

„Monsieur Hercule Poirot. Oh!" Sie hielt den Atem an. „Der berühmte Monsieur Poirot? Der große Detektiv? Und Sie wollen wirklich helfen?"

„Das ist meine Absicht, Mademoiselle. Ich hätte beinahe schon früher heute Abend meine Hilfe angeboten."

Pat war verwirrt.

„Ich hörte, wie Sie sich über den verlorenen Schlüssel berieten. Ich bin zwar ein Spezialist und hätte ohne weiteres Ihre Tür öffnen können, aber ich zögerte, es Ihnen vorzuschlagen. Ich wäre Ihnen sehr verdächtig vorgekommen."

Pat lachte.

„Aber jetzt, Monsieur", sagte Poirot zu Donovan,

„gehen Sie hinein, ich bitte Sie, und rufen Sie die Polizei. Ich werde in die untere Wohnung gehen."

Pat begleitete ihn. Dem Wache haltenden Jimmy erklärte Pat Poirots Erscheinen. Jimmy erklärte Poirot ihr Abenteuer. Der Detektiv hörte aufmerksam zu.

„Die Lifttür war nicht verriegelt, sagen Sie? Sie drangen in die Küche ein, aber das Licht ging nicht an."

Er marschierte während des Sprechens zur Küche und betätigte den Lichtschalter.

„Tiens! Voilà ce qui est curieux!", sagte er, als das Licht aufflammte. „Es funktioniert jetzt prächtig. Ich frage mich –"

Er hob einen Finger, um zum Schweigen zu mahnen, und lauschte. Ein schwacher Laut durchdrang die Stille – ein unmissverständliches Schnarchen.

„Ah!", sagte Poirot. *„La chambre de domestique."* Auf Zehenspitzen schlich er durch die Küche und in eine kleine Spülküche, von der eine Tür abging. Er öffnete sie und knipste das Licht an. Das Zimmer war eine Art Hundehütte, wie sie von den Architekten für die Unterkunft von Dienstboten geplant werden. Der Raum wurde fast vollständig von dem Bett eingenommen, in dem ein rotwangiges Mädchen mit geöffnetem Mund auf dem Rücken lag und schnarchte. Poirot schaltete das Licht aus und trat den Rückzug an. „Sie wird nicht erwachen. Lassen wir sie schlafen, bis die Polizei kommt."

Er kehrte ins Wohnzimmer zurück. Donovan war inzwischen dazugestoßen.

„Die Polizei wird sofort hier sein", meldete er atemlos. „Wir sollen nichts anrühren."

Poirot nickte. „Wir werden nichts berühren, wir werden uns nur umsehen, das ist alles."

Mildred war ebenfalls gekommen, und die vier jungen Leute standen nun in der Tür und beobachteten Poirot mit atemlosem Interesse.

„Was ich nicht verstehen kann, Sir, ist Folgendes", sagte Donovan. „Ich ging nicht zum Fenster – wie kam das Blut an meine Hände?"

„Mein junger Freund, die Antwort darauf starrt Ihnen ins Gesicht. Welche Farbe hat das Tischtuch? Rot, nicht wahr? Zweifellos legten Sie Ihre Hand auf den Tisch."

„Ja, stimmt. Ist das –" Er hielt inne.

Poirot nickte. Er beugte sich über den Tisch und wies auf einen dunklen Fleck.

„Hier wurde das Verbrechen begangen", sagte er feierlich. „Die Leiche wurde nachträglich entfernt."

Er sah sich langsam im Zimmer um, bewegte sich nicht, rührte nichts an, und trotzdem hatten die vier Beobachter das Gefühl, dass jeder Gegenstand in diesem muffigen Zimmer unter seinem neugierigen Blick sein Geheimnis preisgab.

Hercule Poirot nickte befriedigt. Ein kleiner Seufzer entschlüpfte ihm. „Jetzt sehe ich es auch", sagte er.

„Was sehen Sie?", fragte Donovan neugierig.

„Ich sehe, was Sie zweifellos zu spüren bekamen – dass das Zimmer mit Möbeln voll gestopft ist."

Donovan lächelte bedauernd. „Ich habe ganz schön geschimpft", erklärte er. „Denn es stand alles an einem anderen Platz als in Pats Wohnzimmer, und ich fand mich nicht zurecht."

„Nicht alles."

Donovan sah ihn fragend an.

„Ich meine", sagte Poirot entschuldigend, „dass gewisse Dinge gleich sind. In einem Mietshaus sind Türen und Fenster, der Kamin – alles ist in den übereinander liegenden Zimmern an der gleichen Stelle."

„Ist das nicht Haarspalterei?", fragte Mildred und sah Poirot ziemlich geringschätzig an.

„Man sollte immer ganz präzise formulieren. Das ist eine kleine – wie sagt man doch – Marotte von mir."

Sie hörten Schritte auf der Treppe. Drei Männer kamen herein: ein Polizeiinspektor, ein Polizist und ein Amtsarzt. Der Inspektor erkannte Poirot und grüßte ihn fast ehrerbietig. Dann wandte er sich den anderen zu.

„Ich brauche von Ihnen allen eine Aussage, aber zunächst –"

Poirot unterbrach ihn. „Ein kleiner Vorschlag: Wir gehen in die Wohnung hinauf, und Mademoiselle wird das tun, was sie ursprünglich vorhatte – Omeletts backen. Ich habe eine ausgesprochene Leidenschaft dafür. Dann, Monsieur, wenn Sie hier fertig sind, werden Sie zu uns hinaufkommen und uns nach Belieben Fragen stellen."

So wurde es vereinbart, und Poirot ging mit den anderen hinauf.

„Monsieur Poirot", sagte Pat. „Sie sind wirklich sehr liebenswürdig. Sie sollen ein schönes Omelett bekommen. Das mache ich wirklich sehr gut."

„Fein. Früher einmal, Mademoiselle, liebte ich eine schöne junge Engländerin, die Ihnen sehr ähnlich sah, aber leider – sie konnte nicht kochen. Vielleicht war es ganz gut so!“

Es lag eine leichte Traurigkeit in seiner Stimme, und Jimmy Faulkener musterte ihn neugierig. Aber in Pats Wohnung oben übertraf Poirot sich selbst als charmanter Unterhalter. Die grimmige Tragödie war fast vergessen. Die Omeletts waren bereits aufgegessen und gebührend gelobt worden, als Inspektor Rices Schritte zu hören waren. Er kam in Begleitung des Arztes. Der Polizist hielt unten Wache.

„Nun, Monsieur Poirot, alles ist klar und deutlich – nichts für Sie, obwohl es uns schwer fallen dürfte, den Mann zu erwischen. Ich möchte nur noch hören, wie Sie die Tote entdeckten.“

Donovan und Jimmy berichteten von den Geschehnissen des Abends. Der Inspektor wandte sich vorwurfsvoll an Pat.

„Sie dürfen Ihre Lifttür nicht unverriegelt lassen, Miss. Wirklich nicht.“

„Ab heute sicher nicht mehr“, beteuerte Pat mit einem Schauder. „Jeder könnte hereinkommen und mich umbringen wie die arme Frau da unten.“

„Ah! Aber unten kam man nicht auf diesem Weg herein“, meinte der Inspektor.

„Sie werden uns doch verraten, was Sie entdeckt haben, ja?“, fragte Poirot.

„Ich weiß nicht, ob ich es sollte – aber da Sie dabei sind, Monsieur Poirot –“

„*Précisément*. Und diese jungen Leute – sie werden verschwiegen sein.“

„Die Zeitungen werden ohnehin bald Wind davon bekommen“, sagte der Inspektor. „Es gibt kein

Geheimnis bei der Geschichte. Nun, die tote Frau ist Mrs Grant. Der Hausmeister hat sie identifiziert. Sie war etwa fünfunddreißig, saß am Tisch und wurde mit einer kleinkalibrigen Pistole erschossen, vielleicht von jemandem, der ihr gegenübersaß. Sie fiel vornüber, und so kam der Blutfleck auf das Tischtuch."

„Aber hätte nicht jemand den Schuss gehört?", fragte Mildred.

„Die Pistole hatte einen Schalldämpfer. Übrigens, hörten Sie den Schrei des Dienstmädchens, als sie von dem Mord erfuhr? Nein? Gut, das beweist nur, wie unwahrscheinlich es ist, dass hier jemand den anderen hören kann."

„Hatte das Dienstmädchen nichts zu erzählen?", fragte Poirot.

„Sie hatte frei an dem Abend. Sie besitzt eigene Schlüssel und kam etwa um zehn Uhr nach Hause. Alles war still. Sie dachte, Mrs Grant sei zu Bett gegangen."

„Sie sah also nicht ins Wohnzimmer?"

„Doch, sie legte die Briefe hin, die mit der Abendpost gekommen waren, aber sie bemerkte nichts Ungewöhnliches – genau wie Mr Faulkener und Mr Bailey. Sie sehen, der Mörder hatte die Leiche sehr gut hinter den Vorhängen versteckt."

„Aber das ist doch äußerst ungewöhnlich, finden Sie nicht auch?"

Poirots Stimme klang sehr freundlich, trotzdem blickte der Inspektor kurz auf.

„Er wollte nicht, dass das Verbrechen entdeckt würde, damit er Zeit zum Verschwinden hatte."

„Vielleicht – vielleicht ... Aber fahren Sie fort mit Ihren Ausführungen."

„Das Mädchen ging um fünf Uhr weg. Der Arzt bestätigt, dass die Todeszeit etwa vier bis fünf Stunden zurückliegt. Stimmt doch, nicht wahr?"

Der Arzt, ein Mann von wenig Worten, begnügte sich mit einem Kopfnicken.

„Jetzt ist es Viertel vor zwölf. Die Tatzeit kann also reduziert werden auf eine ziemlich genaue Stunde."

Der Inspektor zog ein zerknülltes Blatt Papier hervor.

„Das fanden wir in der Rocktasche der Toten. Sie können es ruhig anfassen. Es sind keine Fingerabdrücke darauf."

Poirot glättete den Bogen. In kleinen, steifen Großbuchstaben stand da:

ICH KOMME SIE HEUTE ABEND
UM HALB SIEBEN BESUCHEN

J. F.

„Eine verräterische Nachricht", kommentierte Poirot beim Zurückgeben.

„Er ahnte nicht, dass sie sie in der Tasche hatte", sagte der Inspektor. „Er dachte vielleicht, sie habe das Blatt vernichtet. Wir besitzen einen Beweis dafür, wie vorsichtig er war. Die Pistole, mit der sie erschossen wurde, fanden wir unter der Leiche – wieder ohne Fingerabdrücke. Sie waren mit einem seidenen Taschentuch weggewischt worden."

„Wieso wissen Sie, dass es aus Seide war?", fragte Poirot.

„Weil wir es fanden“, rief der Inspektor triumphierend. „Zuletzt, als er die Vorhänge zuzog, muss er es unbemerkt fallen gelassen haben.“

Er zeigte ihnen ein großes, weißes Seidentuch von sehr guter Qualität. Der Inspektor brauchte nicht darauf hinzuweisen: Es war deutlich und gut lesbar mit einem Namen bestickt. Poirot las ihn laut: „John Fraser.“

„Das ist er“, sagte der Inspektor. „John Fraser – J. F. Wir kennen den Namen des Mannes, nach dem wir fahnden müssen, und wenn wir etwas mehr über die Tote und ihre Beziehungen wissen, werden wir bald die Spur zu ihm finden.“

„Das bezweifle ich“, sagte Poirot. „Nein, *mon cher*, irgendwie glaube ich nicht, dass er so einfach aufzuspüren sein wird, Ihr John Fraser. Er ist ein seltsamer Mann – sorgfältig, weil er seine Taschentücher kennzeichnet und die Pistole abwischt, mit der er das Verbrechen begangen hat, und doch nachlässig, weil er sein Taschentuch verliert und einen Brief nicht sucht, der ihn überführen könnte.“

„Verwirrt, das war er“, sagte der Inspektor.

„Es ist möglich“, sagte Poirot, „ja, es ist möglich. Hat man ihn beim Betreten des Hauses nicht gesehen?“

„Es gehen alle möglichen Leute ein und aus, zu jeder Zeit. Das sind große Blocks. Ich vermute, keiner von Ihnen –“, er wandte sich an alle vier jungen Leute gleichzeitig, „keiner von Ihnen sah jemanden aus der Wohnung kommen?“

Pat schüttelte den Kopf. „Wir gingen früher weg – etwa um sieben Uhr.“

„Ach so." Der Inspektor erhob sich. Poirot begleitete ihn zur Tür.

„Eine kleine Bitte: Darf ich die Wohnung unten in Augenschein nehmen?"

„Ja, natürlich, Monsieur Poirot. Ich weiß, was man im Präsidium von Ihnen hält. Ich überlasse Ihnen einen Schlüssel. Ich habe zwei. Die Wohnung wird leer sein. Das Mädchen fuhr zu Verwandten. Sie hatte zu viel Angst und wollte nicht allein dableiben."

„Danke", sagte Poirot und kehrte nachdenklich in die Wohnung zurück.

„Sind Sie nicht zufrieden, Monsieur Poirot?", fragte Jimmy.

„Nein, ich bin nicht zufrieden."

Donovan sah ihn neugierig an. „Was beunruhigt Sie denn noch?"

Poirot antwortete nicht. Er saß eine Weile schweigend da, runzelte in Gedanken versunken die Stirn und machte dann plötzlich eine ungeduldige Bewegung mit den Schultern.

„Ich möchte mich von Ihnen verabschieden, Mademoiselle. Sie müssen müde sein. Sie haben viel gekocht, eh?"

Pat lachte. „Nur Omeletts. Ich kochte nicht richtig. Donovan und Jimmy holten uns ab, und wir besuchten ein kleines Lokal in Soho."

„Und dann gingen Sie bestimmt in ein Kino?"

„Ja. In *Die braunen Augen von Caroline*."

„Ah! Es hätte besser blaue Augen heißen sollen – *Die blauen Augen von Mademoiselle*."

Poirot machte eine sentimentale Geste und wünschte Pat nochmals Gute Nacht, dann auch Mildred, die auf besonderen Wunsch von Pat bei ihr übernachten wollte. Pat gab offen zu, dass sie Angst hatte, allein zu bleiben.

Die beiden jungen Männer begleiteten Poirot. Als sie sich vor der Wohnungstür von ihm verabschieden wollten, kam ihnen Poirot zuvor.

„Meine jungen Freunde, Sie hörten mich eben sagen, dass ich nicht zufrieden sei. *Eh bien*, es stimmt – ich bin es nicht. Ich mache jetzt meine eigene kleine Erkundigungsreise. Wollen Sie mich nicht begleiten?“

Begeisterte Zustimmung begrüßte seinen Vorschlag. Sie gingen zur unteren Wohnung hinunter, und Poirot schloss mit dem Schlüssel auf, den der Inspektor ihm gegeben hatte. Er marschierte nicht, wie erwartet, zuerst in das Wohnzimmer, sondern direkt in die Küche. In einer kleinen Nische stand ein großer Metalleimer. Poirot nahm den Deckel ab, beugte sich hinein und begann mit der Energie eines wütenden Terriers darin zu wühlen. Jimmy und Donovan starrten ihn erstaunt an.

Plötzlich tauchte er mit einem triumphierenden Schrei wieder auf. In der Hand hielt er ein verschlossenes Fläschchen.

„*Voilà!* Ich habe gefunden, was ich suchte.“ Er roch vorsichtig daran. „Schade, ich bin erkältet – ich habe Stirnhöhlenkatarrh.“

Donovan nahm es ihm ab und schnupperte ebenfalls daran, konnte aber nichts riechen. Er zog den Stöpsel heraus und hielt sich das Fläschchen unter die Nase, bevor Poirots Warnruf ihn daran hindern konnte.

Er fiel wie ein Stein zu Boden. Poirot sprang hinzu und milderte den Aufprall.

„Dummkopf!", rief er. „Was für eine Idee, den Stöpsel so schnell herauszuziehen! Hat er nicht gesehen, wie vorsichtig ich es in die Hand nahm? Monsieur Faulkener, würden Sie bitte einen Brandy holen? Ich habe eine Karaffe im Wohnzimmer gesehen."

Jimmy eilte hinaus, und als er zurückkam, saß Donovan wieder aufrecht und behauptete, es gehe ihm schon besser. Er musste sich von Poirot einen kurzen Vortrag anhören über die notwendige Vorsicht beim Einatmen von möglicherweise giftigen Substanzen.

„Ich glaube, ich gehe lieber nach Hause", sagte Donovan und erhob sich schwankend. „Das heißt, falls ich hier nichts mehr tun kann. Ich fühle mich immer noch etwas schwindlig."

„Bestimmt ist es das Beste!", sagte Poirot. „Mr Faulkener, bleiben Sie noch ein Weilchen bei mir? Ich bin gleich zurück."

Poirot begleitete Donovan zur Tür. Draußen auf dem Flur unterhielten sie sich noch einige Minuten. Als Poirot schließlich in die Wohnung zurückkehrte, stand Jimmy im Wohnzimmer und sah sich mit großen Augen um. „Nun, Monsieur Poirot, wie geht es weiter?"

„Es geht nicht weiter. Der Fall ist abgeschlossen."

„Was?"

„Ich weiß alles."

Jimmy starrte ihn an. „Wegen der kleinen Flasche, die Sie fanden?"

„Genau. Wegen der kleinen Flasche."

Jimmy schüttelte den Kopf. „Ich kann mir keinen Reim darauf machen. Aus irgendeinem Grund sind Sie mit John Fraser als Schuldigem unzufrieden, wer immer das sein mag."

„Wer immer das sein mag", wiederholte Poirot freundlich. „Falls es ihn überhaupt gibt, was mich überraschen würde."

„Ich verstehe Sie nicht."

„Er ist nur ein Name – sonst nichts. Ein Name, mit dem ein Taschentuch gekennzeichnet wurde."

„Und der Brief?"

„Haben Sie bemerkt, dass er in Druckbuchstaben geschrieben war? Warum? Ich will es Ihnen verraten! Handschriften können erkannt werden, und ein maschinengeschriebener Brief ist leichter zu identifizieren, als Sie glauben. Hätte aber ein echter John Fraser den Brief geschrieben, hätte ihn dies nicht gestört. Nein, er wurde absichtlich in die Tasche der toten Frau gesteckt, damit wir ihn finden. Es gibt keinen John Fraser!"

Jimmy sah ihn fragend an.

„Deshalb kehrte ich zu dem Punkt zurück, der mir als Erster aufgefallen war. Sie hörten mich sagen, dass in solchen Wohnungen gewisse Dinge immer am selben Ort sind. Ich gab drei Beispiele. Ich hätte ein viertes nennen können – den Lichtschalter, mein Freund."

Jimmy starrte ihn verständnislos an.

Poirot fuhr fort: „Ihr Freund Donovan ging nicht zum Fenster. Weil er die Hand auf diesen Tisch aufstützte, deshalb wurde sie blutig. Aber, fragte ich mich sofort, warum stützte er sie hier auf? Was tat er, während er hier im Dunkeln herumtappte? Denn Sie erinnern sich, mein Freund, der Lichtschalter ist immer am selben Ort – neben der Tür. Warum fand er, als er in dieses Zimmer kam, nicht sofort den Schalter? Das wäre das Natürliche gewesen. Er will versucht haben, das Licht in der Küche anzumachen, aber es gelang ihm angeblich nicht. Doch als ich es versuchte, war der Schalter in Ordnung. Wollte er also nicht, dass das Licht anging? Sie hätten dann beide sofort gemerkt, dass Sie in der falschen Wohnung standen. Es hätte keinen Grund gegeben, dieses Zimmer zu betreten."

„Worauf wollen Sie hinaus, Monsieur Poirot? Ich begreife gar nichts! Was meinen Sie?"

„Ich meine Folgendes."

Poirot hielt einen Wohnungsschlüssel hoch.

„Der Schlüssel zu dieser Wohnung?"

„Nein, *mon ami*, der Schlüssel zur oberen Wohnung. Mademoiselle Pats Schlüssel, den ihr Donovan Bailey irgendwann im Laufe des Abends aus der Tasche nahm."

„Aber warum – warum?"

„*Parbleu!* Damit er tun konnte, was er vorhatte: auf völlig unverdächtige Weise in diese Wohnung hier zu gelangen. Am früheren Abend überzeugte er sich, dass die Lifttür nicht verriegelt war."

„Wo haben Sie den Schlüssel her?"

Poirots Lächeln wurde breiter. „Ich fand ihn gerade eben – als ich danach suchte – in Donovans Tasche. Sehen Sie, dieses Fläschchen, das ich angeblich entdeckte, war eine List. Donovan hat sie nicht durchschaut. Er tat, was ich erwartete: entkorken und daran riechen. Und in dieser kleinen Flasche ist Äthylchlorid, ein sehr starkes, sofort wirkendes Betäubungsmittel. Es verursacht genau jenen kurzen Moment der Bewusstlosigkeit, den ich brauchte. Ich nahm aus seiner Tasche die beiden Dinge, die ich dort vermutete. Der Schlüssel war das eine, das andere –“

Er hielt inne und fuhr dann fort: „Mir passte die Erklärung des Inspektors für das Versteck der Toten hinter dem Vorhang nicht. Wollte der Täter tatsächlich Zeit gewinnen? Nein, es musste mehr dran sein. Mir fiel nur eines ein – die Post, mein Freund. Die Abendpost, die gegen halb neun Uhr kommt. Nehmen wir an, der Mörder fand nicht, was er hatte finden wollen, das aber mit der späteren Post noch eintreffen konnte. Natürlich musste er dann wiederkommen. Aber das Verbrechen durfte von dem Dienstmädchen nicht entdeckt werden, denn dann würde die Polizei die Wohnung mit Beschlag belegen. Darum versteckte er die Leiche hinter dem Vorhang. Und das Mädchen schöpfte keinen Verdacht und legte die Post auf den Tisch – wie immer.“

„Die Post?“

„Ja, die Post.“ Poirot holte etwas aus seiner Tasche. „Das ist die zweite Sache, die ich Donovan abnahm, während er bewusstlos war.“ Er zeigte Jimmy einen maschinengeschriebenen Brief, der an Mrs Ernestine Grant gerichtet war. „Aber ich will Sie zuerst etwas fragen, Monsieur Faulkener, bevor wir den Inhalt dieses Briefes betrachten. Sind Sie oder sind Sie nicht in Mademoiselle Pat verliebt?“

„Ich habe Pat verdammt gern – aber ich habe mir nie eingebildet, dass ich eine Chance bei ihr habe."

„Sie dachten, sie habe Donovan lieber? Es könnte sein, dass sie begann, sich etwas aus ihm zu machen – aber es war nur ein Anfang, mein Freund. Es liegt nun an Ihnen, dass sie ihn vergisst – Sie müssen ihr in ihren Schwierigkeiten beistehen."

„Schwierigkeiten?", fragte Jimmy scharf.

„Ja, Schwierigkeiten! Wir werden tun, was wir können, um ihren Namen herauszuhalten, aber ganz wird das wohl nicht gehen. Sie war nämlich das Motiv, wissen Sie."

Er riss den Umschlag auf, den er in der Hand hielt. Ein Aktenblatt kam zum Vorschein. Der Begleitbrief dazu war kurz und stammte von einer Anwaltskanzlei.

Sehr geehrte Mrs Grant,
das Dokument, das Sie uns schickten, ist völlig in Ordnung. Der Umstand, dass die Ehe im Ausland geschlossen wurde, macht sie in keiner Weise ungültig.

Hochachtungsvoll ...

Poirot breitete das Dokument aus. Es war ein Trauschein für Donovan Bailey und Ernestine Grant, acht Jahre alt.

„Oh, mein Gott!", rief Jimmy. „Pat sagte, sie habe eine Nachricht von der Frau bekommen, dass sie sie sprechen wollte, aber sie nahm natürlich nicht an, dass es sich um etwas Wichtiges handelte."

Poirot nickte. „Donovan wusste Bescheid. Er besuchte seine Frau heute Abend, bevor er in die obere Wohnung kam. Übrigens eine seltsame Ironie des Schicksals, dass die unglückliche Frau gerade in dieses Haus zog, in dem ihre Rivalin wohnte. Er ermordete sie kaltblütig und machte sich dann einen vergnügten Abend. Seine Frau muss ihm gesagt haben, dass sie den Trauschein ihrem Anwalt geschickt hatte und auf Antwort wartete. Zweifellos hatte er ihr eingeredet, ihre Ehe sei rechtlich nicht gültig."

„Er schien den ganzen Abend sehr guter Laune zu sein. Monsieur Poirot, Sie haben ihn doch nicht entwischen lassen?" Jimmy schauderte.

„Es gibt kein Entrinnen", sagte Poirot ernst. „Sie haben nichts zu befürchten."

„Ich denke vor allem an Pat", sagte Jimmy. „Glauben Sie wirklich, dass sie sich viel aus ihm machte?"

„*Mon ami*, das ist nun Ihre Aufgabe", sagte Poirot freundlich. „Sie müssen dafür sorgen, dass sie sich Ihnen zuwendet und vergisst. Es dürfte nicht sehr schwierig sein."

Poirot geht stehlen

Seit einiger Zeit fiel mir auf, dass Poirot zusehends unzufriedener und unruhiger wurde. Wir hatten keine interessanten Fälle mehr gehabt, nichts, an dem mein kleiner Freund seinen scharfen Verstand und seine ungewöhnliche Begabung für logische Folgerungen messen konnte. An diesem Morgen warf er die Zeitung mit einem ungeduldigen „Tschah“ hin – einem seiner Lieblingsausrufe, der wie das Niesen einer Katze klang.

„Man fürchtet mich, Hastings; die Verbrecher in Ihrem England fürchten mich! Sobald die Katze da ist, wagen sich die Mäuse nicht mehr an den Käse!“

„Ich vermute, dass die meisten nicht einmal von Ihrer Existenz etwas wissen“, entgegnete ich lachend.

Poirot sah mich vorwurfsvoll an. Er bildet sich immer ein, dass die ganze Welt nur an Hercule Poirot denkt und über ihn spricht. Er hatte sich zwar in London einen Namen gemacht, aber ich konnte mir kaum vorstellen, dass seine bloße Existenz in der Verbrecherwelt Schrecken verbreitete.

„Was ist mit dem Raubüberfall von neulich, auf den Juwelier in der Bond Street?“, fragte ich.

„Ein sauberer Coup“, meinte Poirot anerkennend, „obwohl nicht ganz auf meiner Linie. *Pas de finesse, seulement de l'audace!* Ein Mann mit einem bleibeschwerten Spazierstock zertrümmert das Sicherheitsglas eines Juweliergeschäfts und erwischt ein paar wertvolle Steine. Beherzte Passanten nehmen ihn sofort fest, ein Polizist kommt dazu. Er wird auf frischer Tat samt Juwelen geschnappt und abgeführt. Dann entdeckt man, dass die Steine gefälscht sind. Die echten gab er einem Komplizen – einem der beherzten Passanten. Er wird bestimmt ins Gefängnis wandern, aber wenn er herauskommt, erwartet ihn immerhin ein hübsches kleines Vermögen. Ja, nicht schlecht eingefädelt. Aber ich könnte schwierigere Fälle lösen! Manchmal bedaure ich, Hastings, dass ich so schrecklich moralisch veranlagt bin. Gegen das Gesetz zu handeln müsste zur Abwechslung mal Spaß machen."

„Kopf hoch, Poirot! Sie wissen, dass Sie in Ihrem Beruf einmalig sind."

„Aber was gibt's da zu tun?"

Ich schlug die Zeitung auf.

„Hier ... ein Engländer ist auf geheimnisvolle Weise in Holland ums Leben gekommen", sagte ich.

„So heißt es immer – und später stellt sich heraus, dass er verdorbenen Büchsenfisch gegessen hat und eines ganz natürlichen Todes starb."

„Nun, wenn Sie unbedingt schmollen wollen ..."

„*Tiens!*", sagte Poirot, der zum Fenster hinübergeschlendert war. „Dort unten auf der Straße geht eine ‚dicht verschleierte Dame', wie es in Romanen immer so schön heißt. Sie kommt die Stufen hoch und läutet – sie will zu uns. Das könnte interessant werden. Wenn man so jung und hübsch ist wie sie, verschleiert man das Gesicht nicht, außer es handelt sich um eine große Sache."

Kurz darauf wurde unsere Besucherin eingelassen. Wie Poirot gesagt hatte, war sie tatsächlich tief verschleiert. Es war unmöglich, ihre Züge genau auszumachen, bis sie die schwarze spanische Spitze hob. Dann sah ich, dass Poirot richtig vermutet hatte: Unsere Besucherin war besonders hübsch, mit blondem Haar und blauen Augen. Aus der teuren Schlichtheit ihrer Kleidung schloss ich, dass sie zur obersten Sphäre der Gesellschaft gehörte.

„Monsieur Poirot", sagte sie mit weicher, melodiöser Stimme, „ich bin in großen Schwierigkeiten. Ich bezweifle zwar, dass Sie mir helfen können, aber ich habe so viel Großartiges von Ihnen gehört, dass ich Sie als meine buchstäblich letzte Hoffnung anflehe, das Unmögliche möglich zu machen."

„Das Unmögliche gefällt mir immer", antwortete Poirot. „Erzählen Sie weiter, Mademoiselle, bitte."

Unser schöner Gast zögerte.

„Aber Sie müssen ganz offen sein", fügte Poirot hinzu. „Sie dürfen mich über keinen Punkt im Unklaren lassen."

„Ich traue Ihnen", sagte sie plötzlich. „Haben Sie von Lady Millicent Castle Vaughan gehört?"

Ich sah sie mit großem Interesse an. Die Anzeige über Lady Millicents Verlobung mit dem jungen Herzog von Southshire war erst vor einigen Tagen erschienen. Sie war, wie ich wusste, die fünfte Tochter eines armen irischen Adligen, und der Herzog von Southshire war eine der besten Partien Englands.

„Ich bin Lady Millicent“, fuhr sie fort. „Sie haben vielleicht von meiner Verlobung gelesen. Ich sollte die glücklichste Frau von der Welt sein, aber ach, Monsieur Poirot, ich stecke in entsetzlichen Schwierigkeiten. Es gibt einen Mann, einen schrecklichen Mann – sein Name ist Lavington ... Ich weiß gar nicht, wie ich es Ihnen sagen soll. Es existiert ein Brief von mir – ich war erst sechzehn damals, und er – er ...“

„Ein Brief, den Sie diesem Mr Lavington schrieben?“

„Oh nein – nicht ihm! Einem jungen Soldaten – ich liebte ihn sehr – er ist im Krieg gefallen.“

„Das tut mir Leid“, sagte Poirot freundlich.

„Es war ein verrückter Brief, ein indiskreter Brief, aber wirklich, Monsieur Poirot, sonst nichts. Nur – es stehen Sätze darin, in denen – die man falsch auslegen könnte.“

„Ach so. Und der Brief gelangte in den Besitz dieses Mr Lavington?“

„Ja, und jetzt droht er mir, wenn ich nicht eine enorme Summe zahle, die ich ganz unmöglich aufbringen kann, den Brief dem Herzog zu schicken.“

„Dieser Dreckskerl!“, entschlüpfte es mir. „Bitte, entschuldigen Sie, Lady Millicent.“

„Wäre es nicht klüger, alles Ihrem zukünftigen Gatten zu beichten?“

„Ich wage es nicht, Monsieur Poirot. Der Herzog ist ein schwieriger Mensch, eifersüchtig und misstrauisch, und glaubt immer gleich das Schlimmste. Ich könnte genauso gut sofort meine Verlobung lösen.“

„Du meine Güte“, sagte Poirot und zog eine viel sagende Grimasse. „Und was kann ich nun für Sie tun, Mylady?“

„Ich dachte, ich könnte Mr Lavington vielleicht bitten, Sie zu besuchen. Ich würde ihm sagen, dass ich Sie ermächtigt habe, diese leidige Angelegenheit mit ihm zu besprechen. Vielleicht können Sie ihn dazu bringen, seine Forderungen wenigstens herunterzuschrauben.“

„Von welcher Summe sprach er?“

„Von zwanzigtausend Pfund – eine Unmöglichkeit! Ich fürchte, dass ich nicht einmal tausend aufbrächte.“

„Sie könnten sich vielleicht die Summe im Hinblick auf Ihre bevorstehende Heirat borgen – obwohl ich bezweifle, dass Sie auch nur die Hälfte auftreiben würden. Außerdem – *eh bien*, es widerstrebt mir, dass Sie zahlen sollen! Nein, Hercule Poirots Scharfsinn wird Ihre Feinde vernichten! Schicken Sie mir diesen Mr Lavington her. Bringt er den Brief mit?“

Lady Millicent schüttelte den Kopf.

„Das glaube ich nicht. Er ist sehr vorsichtig.“

„Vermutlich steht außer Zweifel, dass er ihn auch tatsächlich besitzt?“

„Er zeigte ihn mir, als ich ihn zu Hause aufsuchte.“

„Sie haben ihn besucht? Das war sehr unvorsichtig, Mylady.“

„Ach ja? Ich war so verzweifelt. Ich hoffte, mein Bitten würde ihn erweichen.“

„*Oh, là, là!* Die Lavingtons dieser Welt lassen sich durch Bitten nicht erweichen! Er würde es nur als willkommenen Beweis dafür deuten, wie viel Gewicht Sie dem Dokument beilegen. Wo wohnt der feine Herr?“

„Im ‚Buona Vista‘ in Wimbledon. Ich war dort, als es schon dunkel war –“

Poirot knurrte.

„Ich erklärte ihm, dass ich die Polizei verständigen würde, aber er lachte bloß schrecklich höhnisch. ‚Nur zu, Lady Millicent, tun Sie es, wenn Sie es nicht lassen können‘, sagte er.“

„Ja, es ist kaum eine Angelegenheit für die Polizei“, murmelte Poirot.

Lady Millicent berichtete weiter: „‚Aber ich glaube, Sie werden klüger sein‘, fuhr er fort. ‚Sehen Sie, da ist Ihr Brief – in dieser kleinen chinesischen Schatulle!‘ Er nahm ihn heraus und hielt ihn so, dass ich ihn sehen konnte. Ich versuchte, ihn zu packen, aber er war schneller. Mit einem schrecklichen Lachen faltete er den Brief wieder zusammen und legte ihn in die kleine Holzdose zurück. ‚Hier ist er ganz sicher, das verspreche ich Ihnen‘, sagte er, ‚und das Kästchen ist so gut versteckt, dass Sie es nie finden!‘ Mein Blick fiel auf den Wandsafe, aber er schüttelte den Kopf. ‚Ich habe einen besseren Safe als den da‘, sagte er. Oh, er war abscheulich, Monsieur Poirot! Glauben Sie, Sie können mir helfen?“

„Vertrauen Sie nur Papa Poirot. Ich werde einen Weg finden.“

„Versprechungen sind ja gut und schön“, dachte ich, während Poirot galant seine Klientin die Treppe hinunterbegleitete, aber es schien mir, dass wir da eine harte Nuss zu knacken hatten. Das sagte ich auch, als Poirot wieder zurückkam. Er nickte.

„Ja – die Lösung springt nicht ins Auge. Er ist schlau, dieser Mr Lavington. Im Augenblick sehe ich nicht, wie wir ihn überlisten können."

Am Nachmittag besuchte uns Mr Lavington, wie vereinbart. Lady Millicent hatte Recht gehabt, als sie ihn als verabscheuungswürdig beschrieb. Ich verspürte ein deutliches Jucken in den Zehen, so begierig war ich, ihn die Treppe hinunterzubefördern. Er plusterte sich auf und gab an, lachte Poirot und seine freundlichen Vorschläge einfach aus und spielte den Überlegenen. Ich konnte mich des Eindrucks nicht erwehren, dass Poirot sich nicht von seiner besten Seite zeigte. Er wirkte entmutigt und wenig überzeugend.

„Nun, Gentlemen", sagte Lavington, während er seinen Hut nahm. „Wir scheinen nicht viel weitergekommen zu sein. Der Fall sieht also so aus: Ich lasse Lady Millicent billig davonkommen, weil sie so eine charmante junge Dame ist." Er lachte höhnisch. „Sagen wir achtzehntausend. Ich reise heute nach Paris – ich habe dort ein kleines Geschäft zu tätigen. Am Dienstag bin ich zurück. Wenn das Geld bis Dienstagabend nicht gezahlt wird, geht der Brief an den Herzog. Behaupten Sie nicht, dass Lady Millicent das Geld nicht beschaffen kann. Sicher sind einige ihrer vornehmen Freunde gern bereit, sich einer so hübschen Frau gefällig zu erweisen, wenn sie es nur richtig anstellt."

Ich lief rot an und trat einen Schritt vor, aber mit den letzten Worten war Lavington schon aus dem Zimmer verschwunden.

„Mein Gott!“, rief ich. „Da muss etwas geschehen! Sie scheinen die Sache auf die leichte Schulter zu nehmen, Poirot.“

„Sie haben ein goldenes Herz, mein Freund – aber Ihre grauen Zellen sind in bedauernswertem Zustand. Ich habe nicht den Wunsch, Mr Lavington mit meinen Fähigkeiten zu beeindrucken. Für je kleinmütiger er mich hält, umso besser.“

„Warum?“

„Es ist merkwürdig“, murmelte Poirot gedankenverloren, „dass ich mir gerade, bevor Lady Millicent kam, wünschte, einmal gegen das Gesetz zu handeln.“

„Wollen Sie bei ihm einbrechen, während er weg ist?“, fragte ich fassungslos.

„Manchmal, Hastings, arbeitet Ihr Hirn doch erstaunlich flink.“

„Vielleicht nimmt er den Brief mit?“

Poirot schüttelte den Kopf.

„Das ist ziemlich unwahrscheinlich. Er hat offenbar ein Versteck in seinem Haus, das er für ganz sicher hält.“

„Wann schreiten wir zur Tat?“

„Morgen Abend. Wir brechen hier um elf Uhr auf.“

Zum verabredeten Zeitpunkt war ich startbereit. Ich hatte mich in einen dunklen Anzug geworfen und einen weichen, schwarzen Hut aufgesetzt. Poirot strahlte mich freundlich an.

„Sie haben sich der Rolle entsprechend gekleidet“, bemerkte er. „Wir fahren mit der U-Bahn bis Wimbledon.“

„Nehmen wir denn gar nichts mit? Einbruchswerkzeug oder so?"

„Mein lieber Hastings, Hercule Poirot arbeitet nicht mit so plumpen Methoden."

Ich trat abgekanzelt den Rückzug an, aber meine Neugier war hellwach.

Es war gerade Mitternacht, als wir den kleinen Vorortgarten von ‚Buona Vista' betraten. Das Haus war dunkel und still. Poirot ging direkt auf ein Fenster an der Rückseite des Hauses zu, schob das Schiebefenster geräuschlos hoch und bat mich hindurchzusteigen.

„Wieso wussten Sie, dass das Fenster offen ist?", flüsterte ich, denn es erschien mir sehr unvorsichtig.

„Weil ich heute Morgen den Riegel abgemacht habe."

„Was?"

„Aber ja, es war ganz einfach. Ich kam her und zeigte eine falsche Visitenkarte vor und eine von Inspektor Japps Dienstkarten. Ich sagte, ich sei auf Empfehlung von Scotland Yard gekommen, um auf Wunsch von Mr Lavington einbruchsichere Befestigungen anzubringen, während er verreist sei. Die Haushälterin begrüßte dies begeistert. Offenbar haben vor kurzem zwei Einbruchsversuche stattgefunden – unsere kleine Idee ist wohl auch anderen Kunden von Mr Lavington eingefallen –, aber es ist nichts Wertvolles verschwunden. Ich überprüfte alle Fenster, traf meine kleinen Vorbereitungen, verbot dem Personal, vor morgen die Fenster zu berühren, da sie unter Strom stünden, und zog mich mit Dank zurück."

„Wirklich, Poirot, Sie sind wunderbar!"

„*Mon ami*, es war ganz einfach. Jetzt an die Arbeit: Das Personal schläft unterm Dach, wir werden es also kaum stören."

„Ich vermute, der Safe ist irgendwo in eine Wand eingelassen?"

„Wieso Safe? Unsinn! Mr Lavington ist ein intelligenter Mann. Sie werden sehen, dass er sich ein viel schlaueres Versteck ausgedacht hat. Ein Safe ist das Erste, wonach jeder sucht."

Dann begannen wir mit einer systematischen Durchsuchung aller Räume. Aber auch nach mehreren Stunden hatten wir noch keinen Erfolg. Ich sah Anzeichen von Ärger auf Poirots Gesicht.

„*Ah, sapristi*, soll sich Hercule Poirot geschlagen geben? Niemals! Nur ganz ruhig, wir wollen mal überlegen und unsere Schlüsse ziehen. Lassen wir – *enfin!* – unsere kleinen grauen Zellen arbeiten!"

Er schwieg einige Augenblicke und dachte mit zusammengezogenen Augenbrauen heftig nach. Dann stahl sich das grüne Leuchten, das ich so gut kannte, in seine Augen.

„Ich war ein Idiot! Die Küche!"

„Die Küche!", rief ich. „Aber das ist unmöglich. Wegen des Personals."

„Stimmt. So würden neunundneunzig von hundert Leuten denken. Und aus genau diesem Grund ist die Küche der ideale Ort. Sie ist voller vertrauter Gegenstände. *En avant*, in die Küche!"

Ich folgte ihm sehr skeptisch und beobachtete, wie er in Brotbüchsen tauchte, Pfannen beklopfte und den Kopf in den Backofen steckte. Schließlich kehrte ich, des Beobachtens müde, ins Wohnzimmer zurück. Ich war überzeugt, dass wir dort und nur dort das Versteck finden würden. Ich suchte eine weitere Minute, stellte fest, dass es Viertel nach vier war und bald der Tag anbrechen würde, und ging wieder in die Küche zurück.

Zu meinem größten Erstaunen stand Poirot jetzt mitten in der Kohlenkiste, wodurch sein schöner leichter Anzug völlig ruiniert war. Er verzog das Gesicht.

„Nun ja, mein Freund, es ist ganz gegen meine Natur, mich so schmutzig zu machen, aber was wollen Sie?"

„Lavington kann den Brief doch nicht in der Kohle vergraben haben?"

„Wenn Sie Ihre Augen benützten, würden Sie merken, dass ich nicht die Kohle durchsuche."

Dann sah ich, dass auf einem Regal hinter der Kohlenkiste einige Holzscheite aufeinander geschichtet waren. Poirot nahm sie vorsichtig einzeln herunter. Plötzlich rief er: „Ihr Messer, Hastings!"

Ich reichte es ihm. Er schien es in das Holz zu treiben, denn plötzlich teilte sich das Scheit in zwei Hälften. In der Mitte war es ausgehöhlt. Poirot holte eine kleine Holzschatulle chinesischer Herkunft heraus.

„Gut gemacht!", rief ich hingerissen.

„Sachte, Hastings! Sprechen Sie nicht zu laut. Kommen Sie, wir verschwinden, bevor uns das Tageslicht einholt." Er ließ das Kästchen in die Tasche gleiten, stieg leichtfüßig aus der Kohlenkiste und reinigte sich, so gut es ging. Dann verließen wir das Haus auf die gleiche Art, wie wir gekommen waren, und gingen eilig in Richtung London davon.

„Aber was für ein riskantes Versteck!“, rief ich. „Jeder hätte mit dem Scheit Feuer machen können.“

„Jetzt, im Juli, Hastings? Und es lag zuunterst im Holzstoß – ein geniales Versteck. Ah, da ist ein Taxi! Jetzt nach Hause, dann ein Bad und ein erholsamer Schlaf.“

Nach der aufregenden Nacht schlief ich lange. Als ich schließlich gegen ein Uhr ins Wohnzimmer kam, saß Poirot zu meiner Überraschung gelassen in einem Sessel, die chinesische Schatulle offen neben sich, und las den Brief.

Er lächelte mir freundlich zu und wies auf das Blatt in seiner Hand.

„Sie hatte Recht, die reizende Lady Millicent. Der Herzog hätte ihr diesen Brief nie verziehen! Er enthält einige der außergewöhnlichsten Liebesbeteuerungen, die ich je gelesen habe.“

„Wirklich, Poirot“, sagte ich etwas angewidert, „ich finde, dass Sie den Brief nicht hätten lesen dürfen. Das tut man einfach nicht.“

„Aber Hercule Poirot tut es“, antwortete mein Freund ungerührt.

„Und noch etwas“, fuhr ich fort. „Ich glaube auch nicht, dass die Verwendung von Japps Dienstkarte den allgemeinen Spielregeln entsprach.“

„Aber ich spiele kein Spiel, Hastings. Ich ermittle in einem Fall!“

Ich zuckte die Schultern. Man kann nicht mit einer Überzeugung streiten.

„Schritte auf der Treppe“, sagte Poirot. „Das dürfte Lady Millicent sein.“

Unsere schöne Klientin trat mit ängstlichem Gesichtsausdruck ein, lächelte aber, sobald sie Brief und Dose sah, die Poirot hochhielt.

„Oh, Monsieur Poirot, wie wundervoll! Wie ist Ihnen das gelungen?“

„Mit ziemlich verwerflichen Methoden, Milady. Aber Mr Lavington wird nichts dagegen unternehmen. Ist dies Ihr Brief, ja?“

Sie sah ihn sich genau an.

„Ja. Oh, wie kann ich Ihnen danken? Sie sind ein wunderbarer Mann! Wo war er?“

Poirot erzählte es ihr.

„Wie klug von Ihnen!“ Sie betrachtete die kleine Dose, die wieder auf dem Tisch stand. „Ich werde sie als Andenken aufheben.“

„Ich hatte gedacht, Milady, dass Sie mir erlauben, sie zu behalten – auch als Andenken.“

„Ich hoffe, dass ich Ihnen ein schöneres Erinnerungsgeschenk schicken kann – an meinem Hochzeitstag. Sie werden mich nicht undankbar finden, Monsieur Poirot.“

„Das Vergnügen, Ihnen einen Gefallen zu erweisen, bedeutet mir mehr als ein Scheck – darum erlauben Sie mir, dass ich das Kästchen behalte.“

„Oh nein, Monsieur Poirot, ich muss es ganz einfach haben“, rief sie lachend.

Sie machte eine Bewegung, aber Poirot war schneller. Seine Hand legte sich auf die Dose.

„Das glaube ich nicht.“ Seine Stimme hatte sich verändert.

„Was soll das heißen?“ Ihr Ton schien schärfer zu werden.

„Auf jeden Fall erlauben Sie mir, den weiteren Inhalt zu entfernen. Sie werden feststellen, dass das Innere der Dose halbiert wurde. In der oberen Hälfte der kompromittierende Brief, in der unteren –“

Er machte eine flinke Bewegung und streckte die Hand aus. Auf der Handfläche lagen vier große, glitzernde Steine und zwei riesige, milchig weiße Perlen.

„Die Juwelen, die neulich in der Bond Street gestohlen wurden, nehme ich an“, murmelte Poirot. „Japp wird es uns sagen.“

Zu meinem größten Erstaunen trat Japp persönlich aus Poirots Schlafzimmer.

„Ein alter Freund von Ihnen, glaube ich“, sagte Poirot höflich zu Lady Millicent.

„Verdammt, ich bin reingefallen!“, rief Lady Millicent und war plötzlich eine völlig andere. „Sie schlauer, alter Teufel!“ Sie sah Poirot mit beinahe liebevoller Ehrfurcht an.

„Nun, Gertie, meine Liebe“, sagte Japp, „diesmal ist das Spiel wohl aus. Merkwürdig, dass ich dich so bald wieder sehe! Deinen Freund haben wir auch festgenommen, jenen Gentleman, der sich hier als Lavington ausgab. Was den echten Lavington, alias Croker, alias Reed, betrifft, so frage ich mich, wer von eurer Bande ihn in Holland mit dem Messer erledigte. Du dachtest, er trüge die Ware bei sich, nicht wahr? Aber es stimmte nicht. Er hat dich ganz schön reingelegt – er versteckte sie in seinem eigenen Haus. Du hast zwei Burschen hingeschickt, die danach suchen sollten, dann hast du Monsieur Poirot geködert. Dank einer erstaunlichen Portion Glück fand er sie."

„Sie reden gern, was?", sagte die ehemalige Lady Millicent. „Nun mal langsam. Ich komme friedlich mit. Sie werden nicht behaupten können, dass ich keine perfekte Dame bin. Ta-ta!"

„Die Schuhe passten nicht", sagte Poirot später träumerisch, während ich vor Überraschung immer noch sprachlos war. „Meine kleinen Beobachtungen in Ihrem England haben mir gezeigt, dass eine Dame, eine richtige Lady, es mit ihren Schuhen immer sehr genau nimmt. Sie hat vielleicht schäbige Kleider an, aber sie trägt immer gute Schuhe. Und diese Lady Millicent hatte ein elegantes, teures Kleid an, aber billige Schuhe. Es war unwahrscheinlich, dass Sie oder ich die echte Lady Millicent persönlich kannten. Sie ist sehr selten in London, und diese Gertie hat eine gewisse oberflächliche Ähnlichkeit mit ihr, sodass man sie leicht verwechseln konnte. Wie gesagt, die Schuhe weckten zuerst meinen Verdacht, und dann war ihre Geschichte – und ihr Schleier – ein bisschen melodramatisch, eh? Von dem chinesischen Kästchen mit dem gefälschten kompromittierenden Brief im Deckel muss die ganze Bande gewusst haben, aber das Holzscheit war des verstorbenen Mr Lavingtons eigene Idee.

Übrigens, Hastings, ich hoffe, Sie werden nicht noch einmal meine Gefühle so verletzen wie gestern, als Sie behaupteten, ich sei in kriminellen Kreisen unbekannt. *Ma foi*, sie bitten mich sogar um Hilfe, wenn sie nicht mehr weiterwissen!"

Lasst Blumen sprechen

Hercule Poirot streckte die Füße dem in der Wand eingelassenen elektrischen Heizofen entgegen. Die gleichmäßige Anordnung der rot glühenden Stäbe behagte seinem methodischen Geist.

„Ein Kohlefeuer“, dachte er, „hat immer so etwas Formloses und Zufälliges! Nie erreicht es Symmetrie.“

Das Telefon klingelte. Poirot erhob sich und warf dabei einen Blick auf die Uhr. Es war kurz vor halb zwölf. Er fragte sich, wer ihn zu dieser nächtlichen Stunde noch anrief. Vielleicht hatte sich jemand nur verwählt.

„Es könnte auch ein millionenschwerer Zeitungsverleger sein“, murmelte er mit einem verschmitzten Lächeln, „den man in der Bibliothek seines Landhauses tot aufgefunden hat, mit einer gesprenkelten Orchidee in der linken Hand und einer aus einem Kochbuch gerissenen Seite auf der Brust.“

Von seinem geistreichen Einfall angetan, nahm er den Hörer ab.

Sofort meldete sich eine Stimme – eine leise, heisere Frauenstimme, in der so etwas wie ein verzweifeltes Drängen lag.

„Ist dort Monsieur Hercule Poirot? Ist dort Monsieur Poirot?“

„Hercule Poirot am Apparat."
„Monsieur Poirot – können Sie sofort kommen? Sofort! Ich schwebe in Gefahr – ich weiß es ..."
„Wer sind Sie? Von wo aus sprechen Sie?", unterbrach sie Poirot schroff.
Die Stimme wurde schwächer, aber gleichzeitig klang sie noch flehender.
„Sofort ... es geht um Leben und Tod ... Im ‚Jardin des Cygnes' ... sofort ... der Tisch mit den gelben Iris darauf ..." Es folgte eine kurze Pause – ein seltsames, heftiges Luftholen –, und dann war die Leitung tot.
Hercule Poirot legte auf. Sein Gesicht verriet Verwirrung. „Etwas ist hier doch sehr merkwürdig!", murmelte er zwischen den Zähnen.

Der dicke Luigi eilte ihm am Eingang vom ‚Jardin des Cygnes' entgegen.
„*Buona sera*, Monsieur Poirot. Sie wünschen einen Tisch?"
„Nein, nein, mein guter Luigi. Ich suche ein paar Freunde. Ich will mich umsehen – vielleicht sind sie noch gar nicht da. Ah, dieser Tisch dort in der Ecke mit den gelben Iris – eine kleine Frage dazu, wenn es nicht indiskret ist. Auf allen anderen Tischen stehen Tulpen – rosafarbene Tulpen. Warum habt ihr gerade auf diesem Tisch gelbe Iris?"
Luigi zuckte mit seinen ausladenden Schultern.
„Ein Befehl, Monsieur! Ein besonderer Auftrag! Zweifellos die Lieblingsblumen einer der Damen. Dieser Tisch ist der von Mr Russell, Mr Barton Russell, einem Amerikaner – ungeheuer reich."

„Aha, man muss eben die Launen der Damen kennen, was, Luigi?“

„Monsieur sagen es.“

„Ich sehe an dem Tisch einen Bekannten. Ich werde mal hingehen und mich mit ihm unterhalten.“

Poirot bahnte sich vorsichtig seinen Weg entlang der Tanzfläche, auf der sich Paare drehten. Der besagte Tisch war für sechs Personen gedeckt, aber im Augenblick saß nur ein junger, Champagner trinkender Mann dort, der pessimistischen Gedanken nachzuhängen schien.

Er war ganz und gar nicht die Person, die Poirot hier anzutreffen erwartet hatte. Wie ließ sich der Gedanke an Gefahr oder Melodrama mit einer Gesellschaft in Verbindung bringen, bei der Tony Chapell mit von der Partie war?

Poirot blieb wie beiläufig am Tisch stehen.

„Ah, ist das nicht – ja, ist das nicht mein Freund Anthony Chapell?“

„Meine Güte, was für eine Überraschung – Poirot, der Polizeihund!“, rief der junge Mann. „Übrigens nicht Anthony, mein Lieber, für Freunde bin ich Tony!“

Er zog einen Stuhl heran.

„Kommen Sie, setzen Sie sich zu mir. Unterhalten wir uns über das Verbrechen! Ja, gehen wir noch einen Schritt weiter, und trinken wir auf das Verbrechen.“ Er goss Champagner in eines der noch unbenutzten Gläser. „Was führt Sie denn in diesen Tempel des Gesanges, des Tanzes und Vergnügens, mein lieber Poirot? Wir können Ihnen hier keine Leichen bieten, nicht einmal eine einzige!“

Poirot nippte an seinem Champagner.

„Sie scheinen ja sehr fröhlich zu sein, *mon cher*!"

„Fröhlich? Ich bin erfüllt von Kummer – schwelge in Trübsinn. Hören Sie die Melodie, die gerade gespielt wird? Kennen Sie sie?"

Poirot tastete sich behutsam vor. „Hat es vielleicht etwas mit Ihrem Schatz zu tun, der Sie verlassen hat?"

„Nicht schlecht geraten", sagte der junge Mann, „aber in diesem Fall falsch. ‚Nichts macht einen so traurig wie die Liebe.' So heißt der Schlager."

„Aha?"

„Meine Lieblingsmelodie", ergänzte Tony Chapell düster. „Und mein Lieblingsrestaurant und meine Lieblingsband – und mein Lieblingsmädchen ist hier und tanzt mit einem anderen."

„Deshalb also diese Melancholie?", fragte Poirot.

„Genau. Pauline und ich, verstehen Sie, wir hatten, wie man so schön sagt, einen Wortwechsel. Was heißt, dass sie von hundert Worten fünfundneunzig anbrachte und ich fünf. Meine fünf waren: ‚Liebling – ich kann es erklären.' Darauf fing sie wieder mit ihren fünfundneunzig an, und wir kamen nicht weiter. Ich denke", fügte Tony betrübt hinzu, „ich sollte mich vergiften."

„Pauline?", murmelte Poirot.

„Pauline Weatherby. Barton Russells Schwägerin. Jung, hübsch, ekelhaft reich. Heute Abend gibt Russell eine Party. Kennen Sie ihn? Glatt rasierter Amerikaner, Großindustrieller, mit Elan und Persönlichkeit. Seine Frau war Paulines Schwester."

„Und wer gehört noch zu der Gesellschaft?"

„Sie werden sie in einer Minute kennen lernen, wenn die Musik zu Ende ist. Lola Valdez, Sie wissen, die südamerikanische Tänzerin von der neuen Show im ‚Metropole', ist dabei, und Stephen Carter. Sie kennen doch Carter – er ist Diplomat. Ein Geheimniskrämer. Bekannt als der ‚schweigsame Stephen'. Der Typ, der immer sagt: ‚Ich bin nicht befugt, mich darüber zu äußern.' Hallo, da kommen sie ja!"

Poirot stand auf. Er wurde Barton Russell, Stephen Carter, Señora Lola Valdez, einem dunkelhaarigen, sinnlichen Geschöpf, und Pauline Weatherby vorgestellt, sehr jung, sehr blond und mit Augen wie Kornblumen.

„Was, das ist der große Monsieur Hercule Poirot?", rief Russell. „Ich freue mich sehr, Ihre Bekanntschaft zu machen. Wollen Sie sich nicht zu uns setzen? Das heißt, wenn Sie –"

„Er hat eine Verabredung mit einer Leiche", unterbrach ihn Tony Chapell. „Oder ist es ein durchgebrannter Finanzmakler? Oder handelt es sich um den dicken Rubin des Radjas von Borrioboolagah?"

„Ach, mein Lieber, glauben Sie, ich sei immer im Dienst? Kann ich nicht einmal ausgehen, um mich zu amüsieren?"

„Vielleicht haben Sie mit Carter hier ein Treffen vereinbart. Das Neueste aus Genf: internationale Lage jetzt besonders gespannt. Die gestohlenen Pläne *müssen* gefunden werden, oder es kommt zum Krieg!"

„Musst du dich so idiotisch aufführen, Tony?", sagte Pauline Weatherby schneidend.

„Entschuldige, Pauline." Tony Chapell verfiel in zerknirschtes Schweigen.

„Wie streng Sie sind, Mademoiselle."

„Ich hasse Leute, die ständig den Hanswurst spielen."

„Ich sehe schon, ich muss mich in Acht nehmen. Ich darf nur über ernsthafte Themen sprechen."

„Oh nein, Monsieur Poirot. *Sie* meine ich doch nicht." Sie wandte ihm ihr lächelndes Gesicht zu und fragte: „Sind Sie wirklich so eine Art Sherlock Holmes und ziehen die unglaublichsten Schlüsse aus den geringsten Kleinigkeiten?"

„Ach, das mit dem Schlüsseziehen – das ist in Wirklichkeit nicht so einfach. Aber soll ich es versuchen? Also, ich schließe, dass gelbe Iris Ihre Lieblingsblumen sind."

„Ganz falsch, Monsieur Poirot. Maiglöckchen oder Rosen."

Poirot seufzte. „Ein Fehltreffer. Ich will es noch einmal versuchen. Heute Abend, es ist noch nicht lange her, riefen Sie jemanden an."

Pauline lachte und klatschte in die Hände. „Ganz richtig."

„Es war kurz, nachdem Sie hierher kamen?"

„Wieder richtig. Ich telefonierte in der Minute, als ich durch die Tür war."

„Ah, das ist nicht so gut. Sie telefonierten, bevor Sie zu Ihrem Tisch hier kamen?"

„Ja."

„Wirklich sehr schlecht."

„Oh nein, ich finde, das war sehr gescheit von Ihnen. Woher wussten Sie, dass ich telefonierte?"

„Das, Mademoiselle, ist das Geheimnis eines großen Detektivs. Und die Person, die Sie anriefen – beginnt ihr Name mit einem P oder vielleicht mit einem H?“

„Falsch! Ich telefonierte mit meinem Mädchen, damit sie einige schrecklich wichtige Briefe zur Post bringt, die ich nicht mehr abschicken konnte. Ihr Name ist Louise.“

„Peinlich – sehr peinlich.“

Die Musik setzte wieder ein.

„Wie wäre es, Pauline?“, fragte Tony mit hoffnungsvoller Stimme.

„Ich glaube nicht, dass ich schon wieder tanzen möchte, Tony.“

„Ist das nicht schlimm?“, sagte Tony verbittert in die Runde.

Poirot flüsterte dem südamerikanischen Mädchen auf seiner anderen Seite zu: „Señora, ich kann es nicht wagen, Sie aufzufordern, mit mir zu tanzen. Ich bin zu sehr aus grauer Vorzeit.“

„Ach, das ist doch Unsinn, was Sie da reden!“, entgegnete Lola Valdez. „Sie sind noch jung. Ihr Haar ist noch ganz schwarz!“

Poirot zuckte leicht zusammen.

„Pauline“, sagte Russell mit Nachdruck, „als dein Schwager und Vormund werde ich dich jetzt einfach auf die Tanzfläche verschleppen. Es ist ein Walzer, und Walzer ist so ungefähr das Einzige, was ich wirklich zu Stande bringe.“

„Ja, natürlich, Barton, dann wollen wir uns gleich auf die Beine machen.“

„Nett von dir, Pauline, du bist großartig.“

Sie zogen zusammen los. Tony kippte mit seinem Stuhl. Dann sah er Stephen Carter an.

„Sie reden gern, nicht wahr, Carter?", bemerkte er. „Bringen eine Party so richtig in Schwung mit Ihrem Geschwätz, was?"

„Wirklich, Chapell, ich weiß nicht, was Sie meinen."

„Oh, Sie wissen das nicht – tatsächlich nicht?", äffte Tony ihn nach.

„Mein lieber Freund!"

„Trinken Sie, Mann, wenn Sie schon nicht den Mund aufmachen wollen!"

„Nein, danke."

„Dann tu ich es."

Stephen Carter zuckte mit den Schultern. „Entschuldigen Sie mich, muss mit einem Bekannten dort drüben reden. Studienkamerad von mir, war mit ihm in Eton." Er stand auf und ging zu einem nicht weit entfernten Tisch.

„Man sollte alle alten Etonianer schon bei der Geburt ertränken!", stieß Tony mit finsterem Blick hervor.

Hercule Poirot spielte bei der dunkelhaarigen Schönheit an seiner Seite immer noch den Kavalier alter Schule.

„Ich würde zu gern erfahren, was die Lieblingsblumen von Mademoiselle sind", flüsterte er.

„Ah ja, und warum wollen Sie das wissen?", fragte Lola schelmisch.

„Mademoiselle, wenn ich einer Dame Blumen schicke, lege ich größten Wert darauf, dass es solche sind, die ihr gefallen."

„Das ist sehr charmant von Ihnen, Monsieur Poirot. Ich will es Ihnen verraten. Ich schwärme für große, dunkelrote Nelken – oder dunkelrote Rosen."

„Wundervoll – ja, wundervoll! Und Sie mögen nicht vielleicht gelbe Blumen – gelbe Iris?"

„Gelbe Blumen – nein! Sie passen nicht zu meinem Temperament."

„Wie richtig ... Sagen Sie, Mademoiselle, haben Sie heute Abend, nach Ihrem Eintreffen hier im Lokal, einen Freund angerufen?"

„Ich? Einen Freund angerufen? Nein, was für eine neugierige Frage!"

„Nun ja, ich bin auch ein sehr neugieriger Mensch."

„Davon bin ich überzeugt." Sie rollte die dunklen Augen. „Und ein sehr gefährlicher Mann dazu."

„Nein, nein, nicht gefährlich, eher ein Mann, der nützlich sein kann – wenn Gefahr droht. Sie verstehen?"

Lola kicherte. Sie zeigte dabei ihre ebenmäßigen, weißen Zähne. „Doch, doch", sagte sie lachend. „Sie sind gefährlich."

Hercule Poirot seufzte. „Ich merke, Sie verstehen mich nicht. All das ist sehr seltsam."

Tony tauchte auf einmal aus einer Phase geistiger Abwesenheit auf und sagte: „Lola, wie wär's mit ein bisschen Gehüpfe? Kommen Sie!"

„Ja, gut. Da Monsieur Poirot nicht mutig genug ist!"

Tony legte den Arm um sie und bemerkte beim Weggehen über die Schulter: „Inzwischen können Sie über Verbrechen nachdenken, die noch passieren werden, alter Junge!"

„Das ist bedeutungsvoll, was Sie da sagen!“, meinte Poirot. „Ja, sehr bedeutungsvoll ...“

Nachdenklich saß er ein, zwei Minuten da, dann streckte er einen Finger in die Höhe. Luigi eilte auf der Stelle herbei, ein Lächeln auf seinem breiten italienischen Gesicht.

„*Mon vieux*“, begann Poirot, „ich brauche einige Informationen.“

„Immer zu Ihren Diensten, Monsieur.“

„Ich möchte gern wissen, wie viele Leute an diesem Tisch heute Abend das Telefon benutzten.“

„Das kann ich Ihnen sagen, Monsieur. Die junge Dame, die in Weiß, telefonierte gleich, nachdem sie hereingekommen war. Dann ging sie wieder hinaus, um ihren Mantel abzugeben, und während sie das tat, erschien die andere Dame aus der Garderobe und verschwand sofort in der Telefonkabine.“

„Also hat die Señora doch telefoniert! War das, *bevor* sie ins Restaurant kam?“

„Ja, Monsieur.“

„Sonst noch jemand?“

„Nein, Monsieur.“

„Das alles, Luigi, gibt mir heftig zu denken.“

„In der Tat, Monsieur?“

„Ja. Ich denke, Luigi, dass ich meinen Verstand heute Abend *besonders* zusammennehmen muss. Es scheint sich etwas anzubahnen, und ich habe keine Ahnung, was es ist.“

„Monsieur, wenn ich etwas tun kann –“

Poirot machte eine abwehrende Geste, und Luigi entfernte sich diskret.

Stephen Carter kehrte zum Tisch zurück.

„Wir sind noch immer verlassen, Mr Carter“, sagte Poirot.

„Oh – ja – richtig.“

„Kennen Sie Mr Russell gut?“

„Ja, ich kenne ihn schon ziemlich lange.“

„Seine Schwägerin, die kleine Miss Weatherby, ist ganz bezaubernd.“

„Ja, hübsches Mädchen.“

„Sie kennen sie auch gut?“

„Ziemlich.“

„Aha, ziemlich“, meinte Poirot ironisch.

Carter starrte ihn fragend an.

Die Musik endete, und die anderen kamen an den Tisch zurück. Barton Russell rief einen Ober heran. „Noch eine Flasche Champagner – rasch!“

Nachdem eingeschenkt worden war, hob er sein Glas. „Mal herhören, Leute! Ich möchte Sie bitten, mit mir anzustoßen. Um die Wahrheit zu sagen, diese kleine Feier heute Abend findet nicht ohne Hintergedanken statt. Wie Sie sehen, habe ich einen Tisch für sechs Personen bestellt. Dabei sind wir nur fünf. Ein Platz blieb frei. Durch einen merkwürdigen Zufall tauchte Monsieur Hercule Poirot auf, und ich lud ihn ein, uns bei unserer Feier Gesellschaft zu leisten.

Sie können nicht ahnen, welch günstiger Zufall das war. Dieser leere Platz heute Abend steht nämlich für eine Dame – für die Dame, zu deren Erinnerung wir dieses Fest begehen. Diese Feier, meine Damen und Herren, findet in Erinnerung an meine verehrte Frau Iris statt, die genau heute vor vier Jahren starb!“

Bestürzung zeigte sich in der Runde.

Russells Gesicht blieb unbewegt. Er schwenkte sein Glas. „Ich möchte Sie bitten, mit mir auf die Tote zu trinken. Auf *Iris*!“

„Iris?“, fragte Poirot verblüfft. Er sah zu den Blumen. Russell fing seinen Blick auf und nickte leicht.

Ein leises Murmeln erhob sich am Tisch. „Iris – Iris ...“

Alle sahen erschrocken und betreten aus.

Barton Russell sprach in seinem langsamen, monotonen amerikanischen Tonfall weiter, und jedes Wort klang gewichtig.

„Es mag Ihnen seltsam erscheinen, dass ich einen Todestag auf diese Weise begehe – mit einem festlichen Essen in einem eleganten Restaurant. Doch ich habe einen Grund dafür – jawohl, einen Grund! Im Interesse von Monsieur Poirot möchte ich es näher erklären.“

Er wandte sich Poirot zu.

„Heute Abend vor vier Jahren, Monsieur Poirot, fand in New York ein Abendessen statt. Anwesend waren meine Frau und ich, Mr Stephen Carter, der bei der Botschaft in Washington Dienst tat, Mr Anthony Chapell, der in unserem Haus einige Wochen zu Gast war, und Señora Valdez, die damals mit ihrer Tanzkunst New York bezauberte. Die kleine Pauline hier –“, er tätschelte ihr die Schulter, „war erst sechzehn, aber sie durfte als besondere Überraschung mitkommen. Erinnerst du dich noch, Pauline?“

„Ich erinnere mich – ja.“ Paulines Stimme bebte ein wenig.

„Monsieur Poirot, an jenem Abend ereignete sich eine Tragödie. Es ertönte ein Trommelwirbel, und das Kabarett begann. Die Lichter erloschen – bis auf einen Scheinwerfer mitten auf der Tanzfläche ... Als sie wieder angingen, Monsieur Poirot, entdeckte man, dass meine Frau über dem Tisch zusammengesunken war. Sie war tot – wirklich tot! Man fand Zyankali im Weinrest ihres Glases und in einem Briefchen in ihrer Handtasche."

„Sie beging Selbstmord?", erkundigte sich Poirot.

„Das war die offizielle Version ... Es brach mir das Herz, Monsieur Poirot. Vielleicht gab es einen Grund für diese Tat – die Polizei glaubte es jedenfalls. Ich musste mich ihrem Urteil fügen."

Er schlug plötzlich mit der Faust auf den Tisch.

„Aber ich war nicht überzeugt ... Nein, vier Jahre lang habe ich gebrütet – und bin immer noch nicht überzeugt! Ich glaube nicht, dass Iris sich tötete. Ich glaube, Monsieur Poirot, dass sie ermordet wurde – und zwar von einem meiner Gäste hier am Tisch!"

„Hören Sie mal, Sir –" Tony Chapell sprang halb vom Stuhl auf.

„Seien Sie still, Tony!", unterbrach ihn Russell, „ich bin noch nicht fertig. Einer von Ihnen hat es getan – da bin ich mir inzwischen sicher. Im Schutz der Dunkelheit ließ jemand das halb geleerte Briefchen mit Zyankali in ihre Handtasche gleiten. Ich glaube, ich weiß, wer von den Anwesenden es war. Ich glaube, ich kenne die Wahrheit –"

Lola fuhr mit scharfer Stimme dazwischen. „Sie sind verrückt – wahnsinnig! Wer hätte ihr etwas antun wollen? Nein, Sie sind verrückt. Ich bleibe hier nicht länger –" Sie brach ab. Ein Trommelwirbel setzte ein.

„Die Show beginnt", erklärte Russell. „Anschließend reden wir weiter. Bleiben Sie bitte sitzen, alle. Ich muss kurz weg und mit der Tanzkapelle sprechen. Ich habe ein kleines Arrangement mit den Leuten getroffen." Er stand auf und verließ den Tisch.

„Sonderbare Geschichte", bemerkte Carter. „Der Mann ist übergeschnappt."

„Ja, er ist wahnsinnig!", rief Lola.

Das Licht wurde schwächer.

„Am liebsten würde ich abhauen", sagte Tony.

„Nein!", widersprach Pauline in scharfem Ton. Dann murmelte sie: „Oh mein Gott – oh mein Gott –"

„Was ist, Mademoiselle?", fragte Poirot leise.

Ihre Antwort war fast nur noch ein Flüstern. „Es ist entsetzlich ... Genau wie an dem Abend damals ..."

„Ein kleines Trostwort in Ihr Ohr." Poirot beugte sich vor und tätschelte ihr die Schulter. „Alles wird gut gehen", versicherte er ihr.

„Du meine Güte, hören Sie doch!", rief Lola aufgeregt.

„Pst! Pst!", kam es vom Nachbartisch.

„Was ist, Señora?"

„*Es ist dieselbe Melodie* – genau das Lied, das an jenem Abend damals in New York gespielt wurde. Russell muss es veranlasst haben. Mir gefällt das nicht."

„Nur Mut! – Nur Mut!"

Wieder mahnte jemand zur Ruhe.

Eine junge Frau schritt zur Mitte der Tanzfläche, eine pechschwarze Frau mit rollenden Augen und strahlend weißen Zähnen. Sie begann mit tiefer, heiserer Stimme zu singen – einer Stimme, die einen merkwürdig berührte.

„Ich habe dich vergessen,
Nie denk ich mehr an dich,
Weiß nicht mehr deinen Gang,
Weiß nicht mehr deine Stimme,
Vergessen deine Worte,
Nie denk ich mehr an dich.

Kann heute nicht mehr sagen,
Sind deine Augen blau,
Sind deine Augen grau,
Ich habe dich vergessen,
Nie denk ich mehr an dich.

Ich schwör es dir,
Ich brauch nicht mehr an dich zu denken,
Ich bin geheilt,
An dich nur immer zu denken ...
An dich ... an dich ... an dich ...“

Die schluchzende Melodie und die tiefe, samtene Stimme hatten eine große Wirkung. Die Sängerin hypnotisierte alle Gäste im Lokal, verzauberte sie. Sogar die Ober spürten es. Der ganze Raum starrte auf sie, gepackt von der Faszination, die von ihr ausstrahlte.

Ein Ober ging leise um den Tisch mit den gelben Iris und schenkte nach, wobei er mit gedämpfter Stimme „Champagner“ sagte, aber die Aufmerksamkeit der Gäste blieb auf den einen hellen Lichtfleck gerichtet, in dem die schwarze Frau stand und sang:

„Ich habe dich vergessen,
Nie denk ich mehr an dich.
Oh, was für eine Lüge!
Ich werde ständig an dich denken, an dich denken,
An dich bis in den Tod ...“

Frenetischer Beifall brach los. Die Lichter gingen wieder an. Russell kam zurück und nahm am Tisch Platz.

„Das Mädchen ist wundervoll! So etwas –“, rief Tony.

Seine Worte wurden von Lolas leisem Aufschrei unterbrochen. „Da ... da ...!“

Und dann sahen sie es alle. Pauline Weatherby sank nach vorn auf den Tisch.

„Sie ist tot!“, rief Lola entsetzt. „Genau wie Iris – wie Iris damals in New York!“

Poirot sprang auf und bedeutete den anderen, sich zurückzuhalten. Er beugte sich zu der zusammengesunkenen Gestalt hinab, ergriff eine schlaffe Hand und fühlte nach dem Puls.

Sein Gesicht war blass und besorgt. Die anderen beobachteten ihn. Sie waren wie gelähmt, wie in Trance.

Poirot nickte voller Kummer. „Ja, sie ist tot – *la*

pauvre petite. Und ich saß neben ihr! Aber diesmal wird der Mörder nicht entkommen!"

Russell, aschgrau im Gesicht, murmelte: „Genau wie Iris ... Sie sah etwas – Pauline hatte an jenem Abend etwas bemerkt. Sie war sich nur nicht sicher – sie sagte mir, sie wüsste es nicht genau ... Wir müssen die Polizei holen ... Oh mein Gott, die kleine Pauline ..."

„Wo ist ihr Glas?", fragte Poirot. Er hob es an die Nase. „Ja, ich kann das Zyankali riechen. Ein Geruch nach Bittermandel ... Dieselbe Methode, das gleiche Gift ..." Er nahm ihre Handtasche.

„Werfen wir doch einen Blick hinein."

„Glauben Sie etwa, dass es auch Selbstmord ist?", rief Russell. „Niemals!"

„Warten wir ab", meinte Poirot. „Nein, es ist nichts drin. Das Licht ist zu rasch angegangen, verstehen Sie, sodass dem Mörder keine Zeit blieb. Deshalb hat er das Gift noch bei sich."

„Oder sie", sagte Carter. Er blickte bedeutungsvoll zu Lola Valdez.

Sie fauchte sofort los: „Was meinen Sie damit? Was wollen Sie damit sagen? Etwa, dass ich sie getötet habe? Das ist nicht wahr – einfach nicht wahr! Warum sollte ich so etwas tun?"

„Sie hatten in New York eine ziemliche Schwäche für Russell. Jedenfalls kam mir das Gerücht zu Ohren. Argentinische Schönheiten sind notorisch eifersüchtig."

„Das ist ein Haufen Lügen. Außerdem bin ich nicht aus Argentinien, sondern aus Peru. Ah – ich spucke auf Sie! Ich –" Sie verfiel in Spanisch.

„Ich bitte um Ruhe“, rief Poirot. „Jetzt bin ich mit Sprechen an der Reihe.“

Russell sagte mit energischer Stimme: „Jeder muss durchsucht werden.“

„*Non, non*, das ist nicht nötig“, entgegnete Poirot ruhig.

„Was meinen Sie damit: nicht nötig?“

„Ich, Hercule Poirot, weiß Bescheid. Ich sehe mit den Augen des Verstandes. Und ich will es Ihnen verraten. Mr Carter, würden Sie uns das Briefchen in Ihrer Brusttasche zeigen?“

„In meiner Tasche ist nichts. Was, zum Teufel –“

„Tony, mein werter Freund, wenn Sie so nett wären.“

„Verdammt!“, schrie Carter.

Tony zog das Briefchen blitzschnell heraus, bevor Carter sich wehren konnte.

„Da ist es, Monsieur Poirot. Genau wie Sie sagten.“

„Das ist ein gottverdammter Trick!“, brüllte Carter.

Poirot nahm das Briefchen und las das Etikett. „Zyankali. Der Fall ist gelöst.“

„Carter, Sie sind es also doch!“, sagte Barton Russell mit rauer Stimme. „Das dachte ich mir. Iris war in Sie verliebt und wollte mit Ihnen durchbrennen. Sie fürchteten sich wegen Ihrer kostbaren Karriere vor einem Skandal und haben sie deshalb vergiftet. Dafür werden Sie hängen, Sie Schwein!“

„Ruhe!“, unterbrach ihn Poirot gebieterisch. „Die Angelegenheit ist noch nicht zu Ende. Ich, Hercule Poirot, habe noch etwas zu sagen. Mein Freund hier, Tony Chapell, machte vorhin die Bemerkung, ich sei auf der Suche nach einem Verbrechen. Das stimmte in gewisser Weise. Ja, ich dachte an Verbrechen, aber ich kam her, um eines zu verhindern. Der Mörder hatte gut geplant. Nur – Hercule Poirot war ihm einen Zug voraus. Er musste nur blitzschnell denken und sofort, als die Lichter ausgingen, Mademoiselle etwas ins Ohr flüstern. Oh, sie ist sehr schnell von Begriff, unsere Mademoiselle Pauline. Sie hat ihre Rolle hervorragend gespielt. Mademoiselle, wären Sie jetzt bitte so freundlich und würden uns vorführen, dass Sie noch nicht tot sind?"

Pauline richtete sich auf und gab ein kleines, unsicheres Lachen von sich. „Paulines Auferstehung", sagte sie.

„Pauline – Liebling!"

„Tony!"

„Mein Schatz!"

„Engel!"

Russell schnappte nach Luft. „Ich – ich verstehe nicht ..."

„Ich will Ihnen gern behilflich sein, Mr Russell. Ihr Plan ist misslungen."

„Mein Plan?"

„Ja, sehr richtig. Wer war der Einzige, der für die Zeit der Verdunklung ein Alibi hatte? Der Mann, der den Tisch verließ – also Sie, Mr Russell. Aber Sie kehrten im Schutz der Dunkelheit zurück, machten mit einer Flasche Champagner die Runde um den Tisch und schenkten nach, wobei Sie Zyankali in Paulines Glas schütteten und dann das Briefchen mit dem Rest des Gifts in Carters Tasche gleiten ließen, während Sie sich vorbeugten, um ein Glas wegzunehmen. Ja, es war nicht schwer, im Dunkeln und während sich die Aufmerksamkeit aller Gäste auf etwas anderes konzentrierte, in die Rolle des Obers zu schlüpfen. Das war der wahre Grund für Ihre Feier heute Abend. Die sicherste Methode, einen Mord zu begehen, ist mitten in einer Menschenmenge."

„Was, zum – warum, zum Teufel, hätte ich Pauline töten sollen?"

„Vielleicht aus finanziellen Gründen. Ihre Frau bestimmte Sie zum Vormund ihrer Schwester. Sie erwähnten dies bereits heute Abend. Pauline ist zwanzig. An ihrem einundzwanzigsten Geburtstag oder bei ihrer Heirat müssen Sie eine Aufstellung über das verwaltete Erbe machen. Ich nehme an, dass Sie es nicht können. Sie haben mit dem Vermögen spekuliert. Ich weiß nicht, Mr Russell, ob Sie Ihre Frau auf dieselbe Weise töteten oder ob ihr Selbstmord Sie auf die Idee zu diesem Verbrechen brachte, aber ich weiß mit Sicherheit, dass Sie sich heute Abend eines Mordversuchs schuldig machten. Es bleibt Miss Pauline überlassen, ob Sie dafür zur Rechenschaft gezogen werden sollen oder nicht."

„Nein", sagte Pauline. „Er soll mir nur nicht mehr unter die Augen kommen und aus England verschwinden. Ich will keinen Skandal."

„Verschwinden Sie lieber gleich, Mr Russell. Und ich rate Ihnen, in Zukunft vorsichtiger zu sein!"

Barton Russell stand auf. In seinem Gesicht zuckte es. „Zum Teufel mit Ihnen, Sie neugieriger, kleiner belgischer Affe!" Wütend ging er davon.

Pauline seufzte. „Monsieur Poirot, Sie waren einfach fantastisch!"

„Oh, Mademoiselle, *Sie* waren wundervoll! Den Champagner so geschickt wegzugießen und so hübsch die Leiche zu spielen."

„Huh!", rief sie erschauernd. „Sie verursachen mir eine Gänsehaut."

„Sie waren es doch, die mich angerufen hat, nicht wahr?", erkundigte er sich behutsam.

„Ja."

„Warum?"

„Ich weiß es nicht. Ich war beunruhigt, und – ja, ich hatte schreckliche Angst, ohne genau zu wissen, was mich so in Panik versetzte. Barton sagte, er gäbe dieses Fest zum Andenken an Iris' Tod. Mir war klar, dass er etwas damit bezweckte, aber er verriet mir nicht, was. Er sah so seltsam aus, so aufgeregt, dass ich das Gefühl hatte, etwas Fürchterliches könne geschehen. Ich habe natürlich nicht im Traum daran gedacht, dass er plante, mich – mich loszuwerden."

„Und weiter, Mademoiselle?"

„Ich hatte von Ihnen gehört. Ich dachte, wenn ich Sie nur irgendwie herholen könnte – vielleicht würden Sie verhindern, dass etwas passierte. Ich hoffte, dass Sie als – als Ausländer ... wenn ich anriefe und behauptete, in Gefahr zu sein und – und geheimnisvoll tat ..."

„Sie meinten, etwas Dramatisches würde mich herlocken? Gerade das gab mir Rätsel auf. Ihre Worte schienen mir eine Finte zu sein, wie man so schön sagt. Sie klangen unecht. Aber die Angst in Ihrer Stimme – die schien mir wiederum echt zu sein. Also kam ich her – und Sie verneinten sehr bestimmt, sich mit mir in Verbindung gesetzt zu haben."

„Ich musste es. Außerdem wollte ich nicht, dass Sie erfuhren, dass ich es war."

„Ich war mir ziemlich sicher. Nicht gleich zu Anfang. Doch ich wusste bald, dass die Einzigen, die etwas über die gelben Iris auf dem Tisch wissen konnten, Sie und Mr Russell waren."

Pauline nickte.

„Ich hörte, wie er den Auftrag gab, sie hinzustellen", erklärte sie. „Das und die Reservierung eines Tisches für sechs Personen, wo ich doch wusste, dass nur fünf kommen würden, machten mich argwöhnisch –" Sie brach ab und biss sich auf die Unterlippe.

„Was befürchteten Sie denn, Mademoiselle?"

Sie zögerte. „Ich hatte Angst – dass Mr Carter etwas zustoßen könnte."

Stephen Carter räusperte sich. Er stand ohne Hast, aber sehr entschlossen auf.

„Hm – ja, Monsieur Poirot, ich möchte Ihnen danken. Ich stehe tief in Ihrer Schuld. Ich bin sicher, Sie werden mir verzeihen, wenn ich Sie jetzt verlasse. Die Ereignisse heute Abend waren doch recht verwirrend."

Pauline sah ihm nach und sagte dann voller Heftigkeit: „Ich hasse ihn! Ich habe immer vermutet, dass sich Iris seinetwegen umbrachte. Oder dass Barton sie ermordete. Es ist alles so hässlich ..."

„Vergessen Sie, Mademoiselle", versuchte Poirot, sie zu beruhigen. „Vergessen Sie ... Begraben Sie die Vergangenheit ... Denken Sie jetzt nur an die Gegenwart ..."

„Sie haben Recht", entgegnete Pauline leise.

Poirot wandte sich Lola Valdez zu.

„Señora, mit fortschreitendem Abend werde ich tapferer. Wenn Sie jetzt mit mir tanzen würden –"

„Ja, natürlich. Sie sind – Sie sind ein schlauer Fuchs, Monsieur Poirot. Ich bestehe darauf, mit Ihnen zu tanzen."

„Das ist sehr liebenswürdig von Ihnen, Señora."

Tony und Pauline blieben allein zurück. Sie beugten sich über den Tisch.

„Pauline, Liebling."

„Oh, Tony! Ich war den ganzen Tag lang so eine gehässige, Gift und Galle spuckende Katze. Kannst du mir noch einmal verzeihen?"

„Engel! Sie spielen wieder unser Lied! Lass uns tanzen." Sie tanzten, lächelten sich an und summten leise das Lied mit:

„Nichts macht so elend wie die Liebe,
Nichts macht so traurig wie die Liebe,
So bedrückt, so besessen,
So sentimental, so temperamentvoll,
Nur die Liebe macht dich fertig.

Nur die Liebe macht so verrückt,
Nur die Liebe macht so verdreht,
So böse und so spöttisch,
So selbstzerstörerisch und so mörderisch,
Nur die Liebe, nur die Liebe ..."

Eine Tür fällt ins Schloss

„Oberst Clapperton!“, sagte General Forbes mit einer Mischung aus Schnauben und Naserümpfen. Miss Ellie Henderson beugte sich vor, eine Strähne ihres weichen, grauen Haars wehte ihr über das Gesicht. Ihre Augen, dunkel und gierig, leuchteten vor Vergnügen.

„So ein militärisch aussehender Mann!“, sagte sie boshaft, strich sich die Haarsträhne zurück und wartete auf die Reaktion ihres Gegenübers.

„Militärisch!“, explodierte General Forbes. Er zerrte an seinem strammen Schnurrbart, und sein Gesicht wurde hochrot.

„Er war im Garderegiment, nicht wahr?“, murmelte Miss Henderson und trieb es damit auf die Spitze.

„Garderegiment! Völliger Unsinn! Der Bursche war beim Varieté! Tatsache! Wurde eingezogen, kam nach Frankreich und zählte Obstkonserven. Durch eine verirrte Bombe der Hunnen kriegte er eine Fleischwunde am Arm ab. Irgendwie landete er dann in Lady Carringtons Hospital.“

„Und dort haben sie sich kennen gelernt.“

„Tatsache! Der Mann spielte den verwundeten Helden. Lady Carrington hat keinen Verstand, aber haufenweise Geld. Der alte Carrington machte in Munition. Sie war erst sechs Monate verwitwet. Der

Bursche schnappte sie sich im Nu. Sie besorgte ihm einen Posten im Kriegsministerium. *Oberst* Clapperton! Pah!", rief er verächtlich.

„Vor dem Krieg war er also beim Varieté." Miss Henderson amüsierte sich und versuchte, den distinguierten grauhaarigen Oberst Clapperton mit einem rotnasigen Komödianten in Einklang zu bringen, der heitere Stimmungslieder sang.

„Tatsache!", bestätigte General Forbes. „Ich hörte es vom alten Bassington-French. Und er wusste es vom alten Badger Cotterill, der es von Snooks Parker hatte –"

Miss Henderson nickte strahlend. „Dann muss es ja stimmen!"

Ein flüchtiges Lächeln huschte über das Gesicht eines kleinen Mannes, der in der Nähe saß. Miss Henderson fiel das Lächeln auf. Sie war auf der Hut. Es bedeutete Würdigung der Ironie, die in ihrer letzten Bemerkung gelegen hatte und die dem General niemals aufgefallen wäre.

Der General bemerkte das Lächeln nicht. Er sah auf seine Uhr, erhob sich und sagte: „Sportstunde. Man muss sich fit halten auf einem Schiff." Er ging durch die offene Tür aufs Deck hinaus.

Miss Henderson musterte den Mann, der gelächelt hatte. Es war ein wohlerzogener Blick, der andeutete, dass sie bereit sei, ein Gespräch mit dem Mitreisenden anzufangen.

„Er ist energisch – nicht wahr?", sagte der kleine Mann.

„Er läuft genau achtundvierzigmal um das Schiff", sagte Miss Henderson. „So ein alter Schwätzer! Und da behauptet man immer, wir seien das skandalgierige Geschlecht."

„Eine Unhöflichkeit!"

„Franzosen sind immer höflich", sagte Miss Henderson – es lag die Andeutung einer Frage in ihrer Stimme.

Der kleine Mann reagierte prompt. „Belgier, Mademoiselle."

„Oh! Belgier."

„Hercule Poirot. Zu Ihren Diensten."

Der Name weckte eine Erinnerung. Sicher hatte sie ihn schon einmal gehört ...

„Genießen Sie die Reise, Monsieur Poirot?"

„Ehrlich gesagt, nein. Es war eine Dummheit, dass ich mich dazu überreden ließ. Ich hasse *la mer*. Es ist nie ruhig – nicht eine einzige Minute."

„Nun, Sie müssen zugeben, dass es jetzt ruhig ist."

Monsieur Poirot gab dies widerstrebend zu. „*A ce moment*, ja. Daher werde ich wieder lebendig. Ich interessiere mich wieder für die Geschehnisse in meiner Umgebung – Ihr sehr geschicktes Umgehen mit General Forbes zum Beispiel."

„Sie meinen –" Miss Henderson hielt inne.

Hercule Poirot verbeugte sich. „Die Art, wie Sie ihm die skandalöse Geschichte aus der Nase zogen. Bewundernswürdig!"

Miss Henderson lachte ungeniert. „Die Anspielung auf das Garderegiment? Ich wusste, dass das den alten Knaben zum Feuerspucken bringen würde." Sie beugte sich vor und sagte vertraulich: „Ich gebe zu, ich liebe Skandale – je schlimmer, desto besser!"

Poirot sah sie nachdenklich an – ihre schlanke, gut

erhaltene Figur, ihre gierigen, dunklen Augen, ihr graues Haar, eine Frau von fünfundvierzig, die zu ihrem Alter stand.

Miss Henderson sagte plötzlich: „Jetzt weiß ich es! Sind Sie nicht der große Detektiv?"

Poirot verbeugte sich. „Zu liebenswürdig, Mademoiselle." Aber er widersprach nicht.

„Wie aufregend", sagte Miss Henderson. „Sind Sie ‚auf heißer Spur', wie es in den Kriminalromanen heißt? Haben wir einen Kriminellen an Bord? Oder bin ich indiskret?"

„Überhaupt nicht, überhaupt nicht. Ich bedaure, Sie in Ihren Erwartungen enttäuschen zu müssen. Aber ich bin nur hier – wie alle anderen –, um mich zu amüsieren." Er sagte es in derart glühendem Ton, dass Miss Henderson lachte.

„Oh! Morgen werden Sie Gelegenheit haben, in Alexandria an Land zu gehen. Waren Sie schon mal in Ägypten?"

„Noch nie, Mademoiselle."

Miss Henderson erhob sich etwas plötzlich.

„Ich glaube, ich sollte dem General auf seinem Gesundheitslauf Gesellschaft leisten", verkündete sie.

Poirot sprang höflich auf.

Sie bedachte ihn mit einem kleinen Nicken und ging an Deck.

In Poirots Blick lag ein leichtes Erstaunen, dann erschien ein kleines Lächeln auf seinem Gesicht. Kurz darauf steckte er den Kopf durch die Tür und sah auf das andere Deck hinunter. Miss Henderson lehnte gegen die Reling und sprach mit einem großen, militärisch aussehenden Mann.

Poirots Lächeln wurde breiter. Er zog sich übertrieben vorsichtig in den Rauchsalon zurück – wie eine Schildkröte in ihren Panzer. Jetzt hatte er den Salon noch für sich, es würde wohl nicht lange so bleiben.

Tatsächlich. Mrs Clapperton trat ein, ihr sorgfältig gewelltes, platinblondes Haar unter einem Netz verborgen, die massage- und diätgepflegte Figur in einem schicken Sportkostüm. Sie hatte das Benehmen einer Frau, die immer die besten Preise für alles, was sie haben wollte, bezahlen konnte.

Sie sagte: „John –? Oh! Guten Morgen, Monsieur Poirot – haben Sie John gesehen?"

„Er ist auf dem Steuerborddeck, Madame. Soll ich –?"

Sie hielt ihn mit einer Geste zurück. „Ich setze mich für eine Weile." Sie ließ sich königlich in einem Sessel nieder. Aus der Ferne hatte sie wie etwa achtundzwanzig gewirkt. Aus der Nähe sah sie trotz ausgezeichnet zurechtgemachtem Gesicht und fein gezupften Augenbrauen nicht wie ihre tatsächlichen neunundvierzig Jahre aus, sondern wie fünfundfünfzig. Ihre Augen waren metallisch hellblau und hatten winzige Pupillen.

„Es tut mir Leid, dass ich Sie gestern Abend nicht beim Dinner gesehen habe", sagte sie. „Es war natürlich wieder viel zu reichhaltig –"

„*Précisément*", sagte Poirot gefühlvoll.

„Gott sei Dank werde ich nicht seekrank", meinte Mrs Clapperton. „Ich sage Gott sei Dank, denn für mein schwaches Herz wäre eine Seekrankheit wahrscheinlich der Tod."

„Sie haben ein schwaches Herz, Madame?"

„Ja, ich muss äußerst vorsichtig sein. Ich darf mich auf keinen Fall übermüden! Alle Spezialisten sind sich da einig!" Mrs Clapperton hatte jetzt zu ihrem Lieblingsthema, ihrer Gesundheit, gefunden. „John, der Arme, überarbeitet sich, weil er mich davor bewahren will, zu viel zu tun. Ich lebe sehr intensiv, falls Sie wissen, was ich meine, Monsieur Poirot?"

„Ja, ja."

„Er sagt immer zu mir: ‚Versuch dich ein wenig zu mäßigen, Adeline.' Aber ich kann es nicht. Das Leben muss voll gelebt werden, finde ich. Eigentlich habe ich mich schon als junges Mädchen im Krieg verausgabt. Mein Hospital – haben Sie von meinem Hospital gehört? Natürlich hatte ich Schwestern und Pfleger und alles andere – aber die ganze Last lag auf mir." Sie seufzte.

„Ihre Vitalität ist bewundernswürdig, meine Liebe", sagte Poirot mechanisch wie eine auswendig gelernte Antwort.

Mrs Clapperton lachte mädchenhaft.

„Jeder sagt, wie jung ich bin! Es ist absurd. Ich behaupte nie, dass ich jünger als dreiundvierzig bin. Aber viele Leute können es kaum glauben. ‚Sie sind so lebhaft, Adeline', sagt man immer zu mir. Aber sehen Sie, Monsieur Poirot, was wäre ich, wenn ich nicht so intensiv lebte?"

„Tot", antwortete Poirot.

Mrs Clapperton runzelte die Stirn. Die Antwort entsprach nicht ihrem Geschmack. Der Mann versuchte, komisch zu sein. Sie erhob sich und sagte kühl: „Ich muss John finden."

Als sie durch die Tür schritt, entglitt ihr die Handtasche. Sie öffnete sich, und der Inhalt fiel heraus. Poirot eilte galant zu Hilfe. Es dauerte einige Minuten, bis Lippenstifte, Puderdose, Zigarettenetui, Anzünder und andere Kleinigkeiten zusammengesucht waren. Mrs Clapperton dankte höflich, rauschte dann auf das Deck hinunter und rief: „John –"

Oberst Clapperton war immer noch in sein Gespräch mit Miss Henderson vertieft. Er schwang herum und eilte seiner Frau entgegen. Er beugte sich beschützend über sie: Stand ihr Liegestuhl richtig? Sollte er nicht lieber ...? Sein Benehmen war sehr aufmerksam – voll sanfter Fürsorglichkeit. Eindeutig eine bewunderte Frau, die von ihrem Mann verwöhnt wurde.

Miss Ellie Henderson sah in den weiten Himmel hinaus, als widerte sie die Szene ziemlich an.

Unter der Tür des Rauchsalons stehend, sah Poirot ihnen zu.

Da sagte eine heisere Stimme hinter ihm:

„Diese Frau würde ich mit dem Beil erschlagen, wenn ich ihr Mann wäre." Der alte Gentleman, der von den jüngeren Leuten an Bord respektlos „Großvater aller Teepflanzer" genannt wurde, war eben hereingekommen. „Boy!", rief er, „bitte, einen Whisky."

Poirot bückte sich und hob ein Stück Papier auf, das aus Mrs Clappertons Handtasche stammen musste und übersehen worden war. Teil eines Rezepts, stellte er fest, für Digitalin. Er stopfte es in die Tasche, um es Mrs Clapperton später zurückzugeben.

„Ja", fuhr der alte Mann fort, „eine teuflische Frau.

Ich kann mich an eine ähnliche Ausgabe in Poona erinnern. Das war anno 87."

„Ist einer mit dem Beil auf sie losgegangen?", fragte Poirot.

Der Teepflanzer schüttelte traurig den Kopf.

„Sie trieb ihren Mann vor Gram ins Grab. Clapperton sollte sich wehren. Er gibt seiner Frau zu sehr nach."

„Sie ist aber der Zahlmeister", sagte Poirot bedeutungsvoll.

„Haha!" Der alte Mann kicherte. „Das haben Sie treffend gesagt. Sie ist der Zahlmeister. Haha!"

Zwei junge Mädchen platzten in den Rauchsalon herein. Die eine hatte ein rundes Gesicht mit Sommersprossen und dunkles Haar, das vom Winde zerzaust war, die andere Sommersprossen und kastanienbraune Locken.

„Hilfe – Hilfe!", rief Kitty Mooney. „Pam und ich wollen Oberst Clapperton retten."

„Vor seiner Frau", sagte Pamela Cregan atemlos.

„Wir finden, er ist reizend ..."

„Und sie ist einfach grässlich – sie erlaubt ihm überhaupt nichts!"

„Und wenn er nicht mit ihr zusammen ist, schnappt ihn sich meistens die Henderson ..."

„... die ja ganz nett ist, aber schrecklich alt ..."

Die Mädchen rannten hinaus und riefen wieder kichernd: „Hilfe – Hilfe ..."

Dass Clappertons Rettung nicht nur eine augenblickliche Eingebung, sondern ein fester Plan war, wurde noch am selben Abend klar, als die achtzehnjährige Pamela Cregan zu Hercule Poirot kam und flüsterte: „Beobachten Sie uns, Monsieur Poirot. Er wird direkt unter ihrer Nase eingekreist und zu einem Mondscheinspaziergang auf das Bootsdeck verschleppt.“

Gerade sagte Oberst Clapperton: „Natürlich ist der Preis für einen Rolls-Royce hoch. Aber man hat ihn praktisch ein Leben lang. Nun ist mein Wagen –“

„*Mein* Wagen doch wohl, John.“ Mrs Clappertons Stimme klang schrill und penetrant.

Er verriet keinerlei Verärgerung über ihre Unhöflichkeit. Entweder war er dies schon gewohnt oder aber ...

„Oder aber?“, dachte Poirot und versank in Grübeleien.

„Natürlich, meine Liebe, *dein* Wagen.“ Clapperton verneigte sich vor seiner Frau und beendete ungerührt den angefangenen Satz.

„*Voilà ce qu'on appelle* einen Gentleman“, dachte Poirot. „Aber General Forbes behauptet, Clapperton sei keiner. Jetzt wundere ich mich.“

Jemand schlug eine Bridgepartie vor. Mrs Clapperton, General Forbes und ein Paar mit Adleraugen setzten sich zusammen. Miss Henderson entschuldigte sich und ging an Deck.

„Und Ihr Gatte?“, fragte General Forbes zögernd.

„John will nicht spielen“, antwortete Mrs Clapperton.

„Das ist sehr langweilig von ihm.“

Die vier Bridgespieler beugten sich über ihre Karten.

Pam und Kitty näherten sich Oberst Clapperton und packten ihn an den Armen.

„Sie kommen mit uns auf das Bootsdeck. Es ist Vollmond."

„Sei nicht albern, John", sagte Mrs Clapperton. „Du wirst dich erkälten."

„Nicht mit uns, bestimmt nicht", meinte Kitty. „Wir sind sehr heißblütig!"

Er ging lachend mit ihnen mit.

Poirot bemerkte, dass Mrs Clapperton in der zweiten Runde passte, obwohl sie mit zwei Treff eröffnet hatte.

Er schlenderte auf das Promenadendeck. Miss Henderson stand an der Reling und sah sich erwartungsvoll um. Als Poirot erschien und sich neben sie stellte, bemerkte er ihre Enttäuschung.

Sie plauderten eine Weile. Dann fragte sie plötzlich, als er lange schwieg: „Woran denken Sie?"

Poirot antwortete: „Ich zweifle an meinen Englischkenntnissen. Mrs Clapperton sagte: ‚John will nicht spielen.' Sollte es nicht heißen: ‚John kann nicht Bridge spielen.'?"

„Sie nimmt es vermutlich als persönliche Beleidigung, dass er nicht spielt", antwortete Ellie trocken. „Der Mann ist verrückt, dass er sie überhaupt geheiratet hat."

Poirot lächelte im Dunkeln. „Glauben Sie nicht, dass diese Ehe möglicherweise doch ein Erfolg ist?", fragte er vorsichtig.

„Mit einer solchen Frau?"

Poirot zuckte die Schultern. „Viele hassenswerte Frauen haben ergebene Ehemänner. Ein Irrtum der Natur. Sie müssen zugeben, dass nichts, was sie sagt oder tut, ihn zu stören scheint."

Miss Henderson überlegte noch die Antwort, als Mrs Clappertons Stimme plötzlich durch das Fenster des Rauchsalons drang:

„Nein – ich glaube nicht, dass ich noch einen Rubber spiele. Es ist so stickig. Ich möchte hinausgehen und auf dem Bootsdeck frische Luft schnappen."

„Gute Nacht", sagte Miss Henderson. „Ich gehe schlafen." Sie verschwand plötzlich.

Poirot schlenderte weiter zum Aufenthaltsraum, in dem nur Oberst Clapperton und die beiden jungen Mädchen saßen. Er zeigte ihnen Taschenspielertricks, und da Poirot seine außerordentliche Geschicklichkeit mit den Karten auffiel, erinnerte er sich an den Klatsch des Generals über seine Karriere beim Varieté.

„Ich sehe, Sie lieben die Karten, obwohl Sie kein Bridge spielen", bemerkte er.

„Ich habe meine Gründe", sagte Clapperton mit charmantem Lächeln. „Ich verrate sie Ihnen. Wir spielen eine Runde."

Er teilte rasch aus. „Decken Sie Ihre Karten auf. Nun, was ist?" Er lachte über Kittys verwirrten Ausdruck und legte seine Karten offen hin. Die anderen folgten. Kitty hatte alle Treff, Monsieur Poirot alle Herzen, Pam die Pik und Oberst Clapperton die Karo.

„Sehen Sie? Wer seinem Partner und seinen Gegnern Karten nach Wunsch geben kann, sollte einem freundschaftlichen Spiel besser fern bleiben! Wenn er zu viel Glück hat, könnte ihm Übles nachgesagt werden."

„Oh!“, ereiferte sich Kitty. „Wie haben Sie das gemacht? Es sah alles ganz normal aus.“

„Die Geschwindigkeit täuscht das Auge“, sagte Poirot bedeutungsvoll – dabei fiel ihm der plötzlich veränderte Gesichtsausdruck des Oberst auf. Er schien zu erkennen, dass er für einen Augenblick nicht auf der Hut gewesen war.

Poirot lächelte. Der Zauberkünstler hatte sich soeben durch die Maske des Gentlemans zu erkennen gegeben.

Im Morgengrauen des folgenden Tages erreichte das Schiff Alexandria.

Als Poirot vom Frühstück kam, traf er auf die beiden jungen Mädchen, die zum Landgang bereit waren. Sie sprachen mit Oberst Clapperton.

„Wir müssen los!“, drängte Kitty. „Die Passkontrolle wird das Schiff gleich verlassen. Sie kommen mit uns, nicht wahr? Sie lassen uns doch nicht allein an Land gehen? Uns könnte Schreckliches zustoßen.“

„Ich finde tatsächlich, dass Sie nicht allein gehen sollten“, sagte Clapperton lächelnd. „Aber ich weiß nicht, ob meine Frau sich für den Ausflug gut genug fühlt.“

„Wie schade!“, sagte Pam. „Sie könnte sich inzwischen richtig ausruhen.“

Oberst Clapperton wirkte etwas unentschlossen. Offenbar hätte er sehr gern den Beschützer gespielt. Er bemerkte Poirot.

„Hallo, Monsieur Poirot – gehen Sie an Land?“

„Nein, ich glaube nicht.“

„Ich möchte mich nur schnell mit Adeline besprechen“, erklärte Oberst Clapperton entschlossen.

„Wir begleiten Sie“, sagte Pam. Sie gab Poirot ein Zeichen. „Vielleicht können wir sie überreden, auch mitzukommen“, sagte sie bedeutungsvoll.

Oberst Clapperton schien diesen Vorschlag zu begrüßen. Er sah entschieden erleichtert aus.

„Also gut, kommen Sie beide mit“, sagte er leichthin. Sie gingen zu dritt das B-Deck entlang.

Poirot, dessen Kabine direkt gegenüber der der Clappertons lag, folgte aus Neugier.

Oberst Clapperton rüttelte ein wenig nervös an der Kabinentür.

„Adeline, meine Liebe, bist du auf?“

Mrs Clappertons schläfrige Stimme sagte von drinnen:

„Oh mein Gott – was ist los?“

„Ich bin's, John. Willst du an Land gehen?“

„Auf keinen Fall.“ Die Stimme war schrill und entschieden. „Ich habe eine schlechte Nacht hinter mir. Ich werde den ganzen Tag im Bett bleiben.“

Pam hakte schnell ein. „Oh, Mrs Clapperton, es tut mir Leid. Wir hofften so, dass Sie mitkommen. Wollen Sie es sich nicht noch mal überlegen?“

„Ich bin ganz sicher.“ Mrs Clappertons Stimme klang sogar noch schriller.

Der Oberst drehte erfolglos den Türknauf.

„Was ist los, John? Die Tür ist verriegelt. Ich will von den Stewards nicht gestört werden.“

„Tut mir Leid, meine Liebe, tut mir Leid! Ich wollte nur meinen Baedeker holen.“

„Du kannst ihn nicht haben“, antwortete Mrs

Clapperton. „Ich stehe nicht auf. Geh bitte, John, und lass mich in Ruhe!“

„Natürlich, natürlich, meine Liebe.“ Der Oberst wich zurück.

Pam und Kitty nahmen ihn in die Mitte. „Also gehen wir sofort. Gott sei Dank haben Sie den Hut schon auf. Ach, du meine Güte – Ihr Pass ist doch nicht etwa in der Kabine?“

„Nein, natürlich steckt er in meiner Tasche –“, sagte der Oberst.

Kitty quetschte seinen Arm. „Wunderbar“, rief sie. „Also, kommen Sie schon!“

Poirot beugte sich über die Reling und beobachtete die drei beim Verlassen des Schiffs. Er hörte ein Atmen neben sich, wandte den Kopf und entdeckte Miss Henderson. Ihre Augen waren auf die drei verschwindenden Gestalten geheftet.

„Also gehen sie an Land“, sagte sie leise.

„Ja. Sie auch?“

Sie war mit Sonnenhut, besonders hübscher Tasche und festen Schuhen ausgerüstet und sah aus, als wollte sie ebenfalls losziehen. Trotzdem schüttelte sie nach einer winzigen Pause den Kopf.

„Nein, ich glaube, ich bleibe an Bord. Ich habe viele Briefe zu schreiben.“ Sie wandte sich ab und ging.

Keuchend von seinen morgendlichen achtundvierzig Runden, nahm General Forbes ihren Platz ein. „Aha!“, rief er, als er die entschwindenden Umrisse des Oberts und der beiden jungen Mädchen entdeckte. „Das wird also gespielt! Wo ist die Gnädige?“

Poirot erklärte, dass Mrs Clapperton einen ruhigen Tag im Bett verbringen wolle.

„Das glauben Sie doch selbst nicht!“, sagte der alte Krieger mit wissendem Blick. „In kürzester Zeit wird sie erscheinen, und wenn sich herausstellt, dass der arme Teufel ohne Erlaubnis verschwand, gibt’s Dresche.“

Aber die Prognosen des Generals erfüllten sich nicht. Mrs Clapperton erschien zum Lunch nicht, und als der Oberst und seine Begleiterinnen um vier auf das Schiff zurückkehrten, hatte sie sich noch immer nicht gezeigt. Poirot war in seiner Kabine und hörte das zaghafte Klopfen des Ehemannes an der Kabinentür. Er hörte, wie es wiederholt wurde, wie der Oberst versuchte, die Kabinentür zu öffnen, und schließlich den Steward rief.

„Wissen Sie, ich bekomme keine Antwort. Haben Sie einen Schlüssel?“

Poirot erhob sich entschlossen und trat auf den Flur hinaus.

Die Neuigkeit breitete sich so schnell wie ein Waldbrand aus. Mit ungläubigem Entsetzen hörten die Passagiere, dass Mrs Clapperton in ihrer Kabine tot im Bett aufgefunden worden war – einen Eingeborenendolch ins Herz gestoßen. Eine Kette mit Bernsteinkugeln hatte auf dem Boden gelegen.

Gerücht folgte auf Gerücht! Alle Kettenverkäufer, die an jenem Tag an Bord gewesen waren, seien geholt und befragt worden. Eine große Summe Bargeld sei aus einer Schublade in der Kabine verschwunden! Das Geld sei gefunden worden! Schmuck im Wert eines Vermögens sei gestohlen worden! Es sei überhaupt kein Schmuck gestohlen worden! Ein

Steward sei festgenommen worden und habe den Mord gestanden!

„Was ist eigentlich wahr?", fragte Miss Henderson, die Poirot aufgelauert hatte. Ihr Gesicht war bleich und verstört.

„Meine Liebe, wie soll ich das wissen?"

„Natürlich wissen Sie es", behauptete Miss Henderson. Es war spät am Abend. Die meisten Reisenden hatten sich in ihre Kabinen zurückgezogen. Miss Henderson führte Poirot zu den Liegestühlen auf der geschützten Seite des Schiffs. „Jetzt erzählen Sie!", befahl sie.

Poirot sah sie nachdenklich an. „Es ist ein interessanter Fall."

„Stimmt es, dass wertvoller Schmuck gestohlen wurde?"

Poirot schüttelte den Kopf. „Nein. Es ist kein Schmuck verschwunden. Eine kleine Summe Bargeld ist aus der Schublade genommen worden."

„Ich werde mich auf einem Schiff nie mehr sicher fühlen", sagte Miss Henderson fröstelnd. „Gibt es irgendeinen Hinweis auf einen dieser kaffeebraunen Urwaldmenschen?"

„Nein", erwiderte Hercule Poirot. „Die ganze Sache ist ziemlich merkwürdig."

„Was soll das heißen?", fragte Miss Henderson scharf.

Poirot spreizte die Hände. „*Eh bien* – halten wir uns an die Tatsachen. Mrs Clapperton war bereits mindestens fünf Stunden tot, als sie gefunden wurde. Etwas Geld ist verschwunden. Eine Bernsteinkette lag auf dem Boden neben ihrem Bett. Die Tür war verschlossen, der Schlüssel weg. Das Fenster – ein Fenster, keine Luke – geht aufs Deck hinaus und stand offen."

„Nun?", fragte Miss Henderson ungeduldig.

„Glauben Sie nicht auch, dass ein Mord unter diesen Umständen sehr seltsam ist? Bedenken Sie, dass die Postkartenverkäufer, Geldwechsler und Bernsteinverkäufer, die an Bord kommen dürfen, der Polizei alle genau bekannt sind."

„Die Stewards schließen unsere Kabinen für gewöhnlich ab", bemerkte Miss Henderson.

„Ja, um die Bettelei zu verhindern. Aber dies – war Mord."

„Worauf wollen Sie hinaus, Monsieur Poirot?" Ihre Stimme klang begierig.

„Ich denke an die verschlossene Tür."

Miss Henderson überlegte. „Ich sehe nichts Besonderes dahinter. Der Mann ging zur Tür hinaus, schloss ab und nahm den Schlüssel mit, damit der Mord nicht zu früh entdeckt würde. Ziemlich intelligent von ihm, denn man fand sie erst um vier Uhr nachmittags."

„Nein, nein, Mademoiselle, Sie übersehen den Punkt, den ich hervorheben will. Ich mache mir nicht Gedanken darüber, wie der Täter herauskam, sondern darüber, wie er hineinkam."

„Durch das Fenster natürlich."

„*C'est possible.* Aber es wäre ein sehr enger Einstieg – und es gab Leute, die die ganze Zeit an Deck auf und ab gingen, bedenken Sie."

„Dann durch die Tür", sagte Miss Henderson ungeduldig.

„Sie vergessen, Mademoiselle, dass Mrs Clapperton die Tür von innen abgeschlossen hatte, und zwar, bevor Oberst Clapperton das Schiff heute Morgen verließ. Er hatte versucht, sie zu öffnen – darum wissen wir, dass das stimmt."

„Unsinn. Sie klemmte vielleicht – oder er drehte den Knauf nicht richtig."

„Aber es gibt nicht nur seine Aussage. Wir hörten es tatsächlich Mrs Clapperton selbst sagen."

„Wir?"

„Miss Mooney, Miss Cregan, Oberst Clapperton und ich."

Ellie Henderson wippte mit ihrem hübsch beschuhten Fuß. Sie sprach eine Weile nicht. Dann sagte sie in leicht irritiertem Ton: „Und was folgern Sie daraus? Wenn Mrs Clapperton die Tür verschließen konnte, konnte sie sie wohl später auch wieder öffnen."

„Ganz genau, richtig." Poirot wandte ihr ein strahlendes Gesicht zu. „Und Sie sehen, wohin uns das führt. Mrs Clapperton schloss auf und ließ den Mörder ein. Nun, hätte sie dies wegen eines Bernsteinverkäufers getan?"

„Sie wusste vielleicht nicht, wer es war. Er kann geklopft haben – sie stand auf und öffnete. Und der Kerl drang ein und tötete sie."

Poirot schüttelte den Kopf. „*Au contraire.* Sie lag friedlich im Bett, als sie erstochen wurde."

Miss Henderson starrte ihn an. „Worauf wollen Sie hinaus?", fragte sie abrupt.

Poirot lächelte. „Nun, es sieht doch so aus, als ob sie die Person gekannt hätte, die sie einließ."

„Sie meinen, dass der Mörder ein Passagier ist?“ Ihre Stimme klang etwas rau.

Poirot nickte. „Das scheint der Fall zu sein.“

„Und dass die Bernsteinkette auf dem Boden eine Irreführung ist?“

„Ganz genau.“

„Der Gelddiebstahl auch?“

„Richtig.“

Nach einer Pause sagte Miss Henderson langsam: „Ich fand, dass Mrs Clapperton eine sehr unangenehme Frau war, und ich glaube, keiner an Bord mochte sie wirklich, aber es gibt niemanden, der einen Grund gehabt hätte, sie zu töten.“

„Außer vielleicht ihren Mann“, sagte Poirot.

„Sie glauben doch nicht –“ Sie hielt inne.

„Jeder hier auf diesem Schiff findet, Oberst Clapperton hätte allen Grund gehabt, sie mit dem Beil zu erschlagen. Das war, glaube ich, der Ausdruck, der verwendet wurde.“

Miss Henderson sah ihn an und wartete.

„Aber ich muss gestehen“, fuhr Poirot fort, „dass ich persönlich nicht das geringste Anzeichen von Empörung bei dem guten Oberst entdeckte. Außerdem, was wichtiger ist, hat er ein Alibi. Er war den ganzen Tag mit den beiden jungen Damen zusammen und kehrte erst um vier Uhr auf das Schiff zurück. Zu diesem Zeitpunkt war Mrs Clapperton schon viele Stunden tot.“

Es herrschte wieder eine Minute lang Schweigen. Dann sagte Miss Henderson leise: „Und Sie glauben immer noch – der Täter ist ein Passagier?“

Poirot nickte.

Miss Henderson lachte plötzlich – ein lautes, abwehrendes Lachen. „Ihre Theorie wird wohl schwer zu beweisen sein, Monsieur Poirot. Es gibt sehr viele Passagiere."

Poirot verbeugte sich vor ihr. „Ich benütze eine Redewendung eines Ihrer Kriminalschriftsteller: ‚Ich habe meine eigenen Methoden, Watson.'"

Am nächsten Abend beim Abendessen fand jeder Passagier eine maschinengeschriebene Einladung neben seinem Teller, um halb neun im Aufenthaltsraum zu erscheinen. Als alle versammelt waren, stieg der Kapitän auf das Podium, auf dem das Orchester sonst spielte, und hielt eine Rede.

„Ladies und Gentlemen, Sie kennen die Tragödie, die sich gestern ereignete. Ich bin sicher, Sie möchten alle behilflich sein, den Urheber dieses abscheulichen Verbrechens der Gerechtigkeit zu überführen." Er machte eine Pause und räusperte sich. „Wir haben an Bord bei uns Monsieur Hercule Poirot, der Ihnen wohl allen bekannt ist als ein Mann, der große Erfahrung in – eh, solchen Angelegenheiten besitzt. Ich hoffe, Sie achten genau auf das, was er Ihnen zu sagen hat."

In diesem Augenblick trat Oberst Clapperton ein, der nicht zum Essen erschienen war, und setzte sich neben General Forbes. Er wirkte wie ein Mann, der von Trauer gezeichnet war, und nicht wie einer, der sich erleichtert fühlte. Entweder war er ein sehr guter Schauspieler, oder er hatte seine unangenehme Frau tatsächlich geliebt.

„Monsieur Hercule Poirot!", rief der Kapitän und

trat vom Podium. Poirot nahm seinen Platz ein. Er sah etwas komisch und pathetisch aus, als er jetzt seiner Zuhörerschaft strahlend zulächelte.

„*Messieurs, Mesdames*, es ist sehr freundlich von Ihnen, dass Sie so geduldig sein wollen, mir zuzuhören. Der Kapitän hat Ihnen gesagt, dass ich eine gewisse Erfahrung in diesen Dingen habe. Es stimmt, ich habe genaue Vorstellungen, wie wir diesen besonderen Fall lösen können."

Auf ein Zeichen erschien ein Steward mit einem riesigen, formlosen Gegenstand, der in ein Tuch gehüllt war, und reichte ihn Poirot hinauf.

„Was ich jetzt tun werde, wird Sie vielleicht ein wenig erstaunen", warnte Poirot. „Vielleicht bin ich exzentrisch oder gar verrückt. Trotzdem versichere ich Ihnen, dass dieser Unsinn Methode hat."

Sein Blick streifte kurz Miss Henderson. Dann begann er, den umfangreichen Gegenstand auszuwickeln.

„Ich habe hier, *Messieurs, Mesdames,* einen wichtigen Zeugen für den Mord an Mrs Clapperton." Mit kräftiger Hand zog er bei diesen Worten das letzte Tuch weg und enthüllte eine beinahe lebensgroße Holzpuppe, die mit Samtanzug und Spitzenkragen bekleidet war.

„Nun, Arthur", sagte Poirot mit veränderter Stimme. Hier sprach nicht mehr ein Ausländer, sondern jemand in vertrautem Englisch mit leichtem Cockney-Einschlag. „Kannst du mir etwas sagen – ich wiederhole – kannst du mir etwas erzählen über Mrs Clappertons Tod?"

Der Nacken der Puppe vibrierte etwas, ihr hölzerner Unterkiefer fiel herunter und zitterte, und eine schrille, hohe Frauenstimme sagte:

„Was ist los, John? Die Tür ist verschlossen. Ich will von den Stewards nicht gestört werden ...“

Da ertönte ein Schrei, ein Stuhl fiel um, ein Mann stand schwankend da, die Hand am Hals, und versuchte zu sprechen ... Dann fiel die Gestalt plötzlich in sich zusammen und kippte vornüber.

Es war Oberst Clapperton.

Poirot und der Schiffsarzt richteten sich neben der ausgestreckten Gestalt auf.

„Es ist wohl vorbei mit ihm. Das Herz“, sagte der Arzt kurz.

Poirot nickte. „Ein Schock, weil er seinen Trick durchschaut sah.“

Er wandte sich General Forbes zu. „General, Sie haben mir mit Ihrer Bemerkung über das Varieté einen wichtigen Hinweis gegeben. Ich habe lange daran herumgerätselt, bis ich darauf kam: Angenommen, Clapperton wäre früher als Bauchredner aufgetreten. Dann wäre es sehr gut möglich gewesen, dass drei Leute Mrs Clapperton in der Kabine sprechen hörten, obwohl sie bereits tot war ...“

Miss Henderson stand neben ihm. Ihre Augen waren düster und voll Schmerz. „Wussten Sie, dass er ein schwaches Herz hatte?“, fragte sie.

„Ich nahm es an. Mrs Clapperton sprach von ihrem eigenen angegriffenen Herzen, aber sie kam mir eher vor wie jemand, der gern als krank gilt. Dann fand ich den Teil eines Rezepts für eine sehr starke Dosis Digitalin. Digitalin ist ein Herzmittel, aber es konnte nicht für Mrs Clapperton bestimmt gewesen sein, weil Digitalin die Pupillen erweitert. Ich hatte dieses Phänomen an ihr nicht beobachtet. Als ich jedoch dem Oberst in die Augen sah, entdeckte ich das Symptom sofort."

„Also dachten Sie – dass es so enden könnte?", fragte Miss Henderson leise.

„Es ist am besten so, glauben Sie nicht auch, Mademoiselle?", fragte er ruhig.

Er sah Tränen in ihren Augen. „Sie wussten es!", sagte sie. „Sie wussten die ganze Zeit, dass ich ihn mochte ... und er mich nicht ... Es waren jene Mädchen – die Jugend –, die ihn seine Versklavung fühlen ließen. Er wollte frei sein, bevor es zu spät war ... Ja, ich bin sicher, dass es sich so abgespielt hat. Wann wussten Sie, dass er der Täter war?"

„Seine Beherrschung war zu perfekt", sagte Poirot einfach. „Egal, wie scheußlich seine Frau sich benahm – es schien ihn nie zu berühren. Entweder hatte er sich so daran gewöhnt, dass es ihm egal war, oder – *eh bien* – ich vermutete die andere Möglichkeit ... und hatte Recht. Dann war da noch sein ausdrücklicher Hinweis auf seine Taschenspielerkünste – am Abend vor dem Verbrechen. Er tat, als ließe er sich gehen. Aber ein Mann wie Clapperton lässt sich nicht gehen! Er musste einen Grund haben: Solange die Leute dachten, er habe einmal als Taschenspieler gearbeitet, würde man nicht vermuten, dass er Bauchredner gewesen war."

„Und die Stimme, die wir hörten – Mrs Clappertons Stimme?"

„Eine der Stewardessen hat eine ähnliche Stimme

wie sie. Ich überredete sie, sich hinter der Bühne zu verstecken, und brachte ihr die Worte bei, die sie sagen sollte."

„Es war ein Trick – ein gemeiner Trick", rief Miss Henderson.

„Ich kann einen Mord nicht billigen", entgegnete Hercule Poirot.